マドンナメ

生意気メスガキに下克上！

葉原 鉄

目次

contents

生意気メスガキに下克上！

第一章　おじさんはメスガキの下僕

「キモいからどいてよ、おじさん」

玄関のドアを開けるなり罵倒が飛んできた。

康男《やすお》は啞然として見下ろすが、小さな来客のひと睨みで後ずさる。

大人と子どもの体格差でなにを気後《おく》れするのかと言えば、世間体の問題だ。

「ナスカちゃん、だよね？　お父さんかお母さんといっしょじゃないの？」

「パパはおじさんと違ってお仕事たいへんなの。社長だよ？」

「待ってくれ、お話なら外で……や、それもダメか」

「だからどいてって、おっさん」

ナスカはショートブーツを脱いで1Kのアパートにあがりこんだ。現代社会においては銃弾のように痛烈な所業である。

いまどきの世間は成人男性と未成年の接触に厳しい。

身長差は軽く頭ひとつ以上。

年齢差は実に三十歳。

身も心も親と子ほどに違う。実際、彼女の父親は康男の元同級生であり、現在は地方弁当チェーンの社長をしている。

馬垣七朱華《まがきなすか》は社長令嬢なのである。

令嬢と言ってもおしとやかなお嬢様ではない。むしろ対極にある。

ずかずかと六畳の居間に踏みこむ無神経さは子どもらしい物怖じしなさか。父親と同い年の中年を完全に侮《あなど》っているのかもしれない。

「思ったより綺麗じゃん。うわ、映画おおすぎ。あはっ、キモすぎ!」

壁一面のDVDラックを一笑に付されて康男は苦笑した。すくない収入でコツコツと集めたコレクションだが、子どもに理解を求める気はない。

「あ、そこ、そう! その窓!」

ナスカは窓ガラスにかぶりついた。

「やっぱりオミくんの家見えるじゃん! カーテン開いてるしチャンス! おうちでなにしてるのかなぁ、ナスカのこと考えてくれてるかなぁ。まさか浮気とかしてないよね……ナスカが世界一かわいいもんね……」

「外から見える位置に顔を出さないでほしいんだけど……」

「うっさいなぁ、キモおじ。ナスカはオミくんのこと考えてるんだから、ブタみたいな声で邪魔しないでよ」

オミくんというのはたしか年上の恋人だ。中学生と言っていたか。

「恋人同士でも覗きはよくないよ……」

「恋人なんていたこともない負け組中年がウザいこと言わないでよ。あんまりうるさいとパパに言ってクビにしてもらうからね？」

悪戯っぽい笑みに康男は凍りつく。

佐藤《さとう》康男、四二歳。現在フリーター。長年勤めてきた会社が倒産し、場つなぎに働いているのが弁当屋――つまりナスカの父の会社である。

しょせんはアルバイトなのでクビになっても大した痛手ではない。

（でも、ウマタツにこのことを知られたら殺される）

馬垣辰吉《たつよし》は強面《こわもて》のパワハラ気質である。つけくわえるなら、義務教育時代には事あるごとに康男を虐《いじ》めていた。

現在も康男の勤める支店にやってきては皮肉や嘲笑を飛ばす。娘の目の前で「こいつは負け組だから」とさんざん馬鹿にしてきた。

(あんな親の教育受けたから、こんな生意気な子に育ったのかな)

父親から受けた所業を思い出すと腹も立ってくる。

さいわいナスカは父の遺伝子が薄く、強面を受け継いでいない。

率直に言って、美少女と呼ぶべきだろう。

まずなにより立ち姿が絵になる。

康男の顎にも届かない背丈ながら、脚が長い。肉づきが薄い少女特有の体型ながら、手足の細さが妖精めいた造形美を作りあげている。

ツーサイドアップの髪型も可愛げと流麗さを感じさせた。

恐ろしいのは、年齢不相応に色気の出し方まで理解しているところだ。ピンクの薄手ニットを着崩して片方の肩を剝き出している。デニムのミニスカートにオーバーニーソックスで白い細腿をちら見せ。

窓から恋人の部屋を覗きながらうれしそうにお尻を振っている。

スカートの裾が揺れて、脚の付け根近くまで肌色がのぞけた。

「……目つき、マジキモすぎ」

ぐ、と康男は息を詰まらせた。

ナスカの目つきは苛烈《かれつ》なまでに凜《りん》としている。

顔立ちも体に負けず劣らず端麗であり、侮蔑が宿ると氷のように寒々しい。鼻がまだ低く、頬の稜線も柔らかな、お子様の顔貌。しかしぱっちり大きな目はほんのり吊りあがり、大人にも臆することなく正面から視線を飛ばす。裕福な家庭で甘やかされ、恐い物知らずに育ったのだろう。

許されない。

子どもの生意気が、ではない。

他者を一方的に踏みにじることを是《ぜ》として育つことだ。

年若い少女の将来のためにも大人が規範となるべきである。

「なに顔しかめてんの？　キレてんの？　ダッサ、子ども相手に」

「あのね、ナスカちゃん。他人の家に勝手に入ってそういうのは……」

「タダで部屋を使わせろとは言わないよ？　パパだって使えない社員でも最低限の給料は払ってるって言ってたし」

ナスカは目を細めて蠱惑《こわく》的に笑む。なにかを企《たくら》むような目つきだった。

スカートの裾をつかんだかと思えば、あろうことか、まくりあげる。

覗けたのは桃色のパンツだった。

ばかばかしい、子どもがなにを色気づいているのか。

……と、康男は言い出せなかった。

呼吸も忘れて釘づけになってしまう。

ピンク地に黒で模様の入った、可愛らしくも色気のある彼女らしいデザイン。それを張り詰めさせるのは、小さいながらも丸みを帯びたお尻。幅こそ狭いが、プリプリして揉み心地がよさそうだ。

ふたつの山の下で、ほんのり膨らむ丘があった。

牝の証《あかし》がそこに刻まれていると思うだけで頭が熱くなり――。

「うっわ、ほんとにガン見してる……やっぱ、キッモ」

「ち、違う！　突然だから驚いただけだ！」

「パパに言っちゃうよ？　ロリコン無能社員にパンツ見られたって」

ナスカは勝ち誇っていた。パンツを見られて本気で嫌がる様子はない。むしろ自分の魅力で男を惑わせた達成感がにじみ出ている。

男の性欲を理解していないのかもしれない。

結局、彼女はお子さまなのだ。

「じゃ、この窓使うから。なんかスイーツ持ってきて」

お子さまにいいように扱われて大人の威厳はどうなるのか。

パンツを見てしまったぐらいで使用人に甘んじるなど屈辱である。

ゆえに康男は厳粛な大人の顔をして少女と向きあった。

「プリンとジュースならあります」

「いいじゃん、持ってきて」

屈してしまった。

現代社会で親ならぬ大人はよその子どもに逆らえない。

しかも康男は先ほど、屹立してしまった。桃色のパンツを見せられて、不覚にも海綿体が充血した。勃起した。心臓が破裂しそうだった。

佐藤康男はお子さまに欲情するロリコンなのである。


ロリコンを自覚したのは大学生のころだ。

同年代の女性よりも近所の子どもを目で追っている自分に気づいた。

ふくよかな胸よりもなだらかな胸に心惹かれた。

悩ましい脚線よりも棒のような脚に目を奪われた。

見下ろさなければ視線があわない小さな少女でなければ、ときめかない。

「俺はもう駄目だ」

矯正できる性癖とは思わないし、現実的に許されるとも思えない。年端《としは》もいかない子どもに違法な行為をするおぞましさも理解しているつもりだ。

恋愛もセックスも諦めた。

両親には申し訳ないが孫を見せることも断念した。

女性にモテる外見でもないから、かえって好都合だったかもしれない。

かくして二十年ほどが経ち、かつての友人たちはみな妻子持ち――というわけでもない。未婚の四十代などいまどきは珍しくもない。おかげで康男も自分の境遇への不満も忘れられた。

「まあ、こんなもんだろう」

恋人や扶養家族でなく趣味に金を費やす日々も悪くない。むしろ楽しい。

あとは安定した仕事さえ手に入れば最高の生き方と言える。

――そう思っていた。

子どものパンツを目の前で見せつけられるまでは。

その日は水色の横縞パンツだった。

窓に手をつきお尻を突き出し、みずからスカートをめくって水縞パンである。

「どう？」

「……すごくかわいい」

「うわ、キモッ。こんなガキっぽいのがいいんだ？　へぇー？」

たしかに大人は絶対に穿かない柄だが、それがいい。

学校帰りで赤いランドセルを背負っているのも生々しい。自分の部屋に義務教育の女の子がいるという実感に股間が熱くなる。

(俺はこんなに重症のロリコンだったのか)

自分でも呆れるほど露骨に興奮してしまう。

とりあえずカップ入りのチーズケーキと砂糖を三つ入れたカフェオレを献上。あくまで口止め料だが、感謝の気持ちがないわけでもない。

「なんかさ、キモおじさんの部屋って、キモおじ臭がするよね」

「キモおじ臭……？」

「一秒もいたくないけどオミくんのためだからガマンしてあげる」

ナスカは窓越しにとなりの民家を見やり、嬉しげに小尻を振りだした。スカートの裾が揺れて微香が振りまかれる。子ども特有の甘くて柔らかな体臭だ。

「あ、オミくん帰ってきた！」

キャーキャーと黄色い声が狭い部屋に響いた。

すこし耳が痛いが、ほほ笑ましくもある。

「やっぱりオミくんイケメンだなぁ、キモおじと違って。サッカーもやってて、すっごく脚はやいんだよ！　あーもう、マジ好き！」

「そんなに好きなら直接会いにいったら？　すぐそこなんだし」

「違うの！　デートは次の土曜日！　今日はスマホでえっちな写真送る日！」

「え、えっち……？」

「胸とかパンツとかチラ見せ。それ以上はオミくんがえっちなの送ってくれたら見せてあげるって言ってるんだけど、オミくん照れ屋さんだから」

むー、と唇を尖らせるのは子どもの仕草ではあるのだが。

「いまどきの若い子は進んでるね……」

ナスカの価値観に康男は困惑した。康男の小学校時代は恋人を作ること自体がイレギュラーだった。付きあっていても周囲の囃《はや》したてが恐くて隠し通していたのではないか。

「これぐらい普通だって。えっちだってしてるし」

「は？」

「まわりの子と違ってもう大人だってこと」

眉を吊りあげて得意げに笑う。

「おじさん童貞なんでしょ？　パパもそう言ってたし」

見あげているのに態度は完全に見下す態度だ。セックスを知っているから自分のほうが立場は上だ、とでも言いたいのか。

その見識自体が幼稚である、と言ったところで通じないだろう。負け犬の遠吠え扱いで笑われるか、逆鱗《げきりん》に触れて警察かウマタツに報告されてしまうか。

そうでなくとも康男は言葉が出なかった。

(噂には聞いてたけど、最近の子はほんとうに進んでるんだな……)

驚天動地と言ってもいい。噂話と当人から聞くのでは迫真性がまるで違う。

まだランドセルを背負う年齢で性行為など犯罪的だ。相手が年の近い中学生であれば罪には問われまいが、万一康男がおなじことをしたら――。

もし、自分が、同じことをしたら。

ナスカのか細い体を押さえつけ、腰と腰を重ね、つながってしまったら。

ごくり。生唾を飲む。股間が硬くなる。

「おじさんってさ、キモいよね」

「そ、そ、そうかな？」

突然の冷たい指摘に動揺してしまった。否定できない。

「だってデブじゃん、みっともない」

これまた否定できない。康男は出不精で肥満体型だった。付け加えるなら、年々薄くなりゆく髪は坊主にして誤魔化している。率直な子どもがみっともないと思うのも無理はない。

「それにさ、ガキ向けのアニメとか好きなヒトでしょ？」

「……なんでそう思うのかな」

「スプーン超キモい」

ナスカはくわえたままのスプーンをべーっと舌ごと出した。スプーンには女児アニメのキャラクターが描かれている。

「その年でじぇるQとかキモすぎ。ナスカの友だちだってもう見てないよ？」

「いや、まあ……うん、そうだね、申し訳ない」

子どもだと思ってアニメのスプーンを出したのは失敗だった。

康男はアニメやゲームの愛好家だ。いわゆるオタクなのである。じぇるQこと女児向けアイドルアニメ『エンジェルキュート』については十年近くシリーズを追いかけている。そこらの子どもより内容に詳しい自信がある。

「だいたいさー、じぇるQって、あ、オミくんからLIMEきた！」

ナスカは話の途中でスマホに見入った。散漫な注意力は子どもらしい。

うっとりと液晶画面を見つめ、スピーディな指遣いで返信。スマホを抱きしめて感嘆の息を漏らす。

「やっぱラブラブ……オミくんだいすき！」

恋する乙女の純粋さを感じさせる素直な喜びようだった。

(なんだかんだ言って子どもは子どもなんだな)

モヤモヤする気持ちはある。子どもを性的な目で見る悪癖もある。だが子どもが子どもらしくしている姿にほほ笑ましさを感じるのも事実だ。

いずれ消えゆく純粋さだろう。

それでも、いまこの瞬間はかけがえなく尊い。

「エロ自撮りするから、おじさんシコってもいいよ」

あまりにも突然すぎて、康男は返事に窮した。

「どーせナスカのパンツ思い出して毎日シコってんでしょ？　いまちょー機嫌いいか

ら、ほら、ち×ちん出してシコシコしなよ」

ナスカはスカートの正面をめくって縞パンツをさらした。康男には目もくれず、スマホを覗きこんで角度調整にいそしんでいる。

「あー、今日はガキくさい縞パンだったぁ……子どもっぽいって思われちゃうかなぁ。でもオミくんこういうの好きだし、いっか」

腰をよじって内股気味に角度を工夫し、幼児体型でしなを作っていく。パシャパシャとカメラ機能のシャッター音を鳴らしていく。恋人ならぬ中年に下着を見られてもどこ吹く風だ。

彼女にとって康男は路傍の石に等しいのだろう。

注意する価値も警戒する危険性もない石ころ。

完全にナメられている。

(さすがに大人を馬鹿にしすぎだろう)

一喝すべき局面だ。

エロ自撮りを他者に送る危機感のなさも叱ってやらなければ。

「あのね、ナスカちゃん」

「ち×ちんでっかくしながら話しかけないでよ、キモおじ」

デニムズボンの真ん中が露骨なまでに尖っていた。

動揺して言い訳もできない。

「シコんないの？　べつにナスカはどうでもいいんだけど」

悪戯な笑み。小馬鹿にした目。それらがいっそ扇情的で、パンツ越しにおのれの股をそっと撫でる幼い手に色気を感じてしまう。

これは許されないことだ。

子どもを性対象にするばかりか、目の前でオナニーするなんて。

けれど、康男の手は震えながらズボンに伸びていく。ファスナーを下ろして、内側のトランクスをずらし、灼熱の塊を取り出した。

「どーせ童貞のキモおじだし、ちっちゃいんだろうけど」

ナスカは自撮りに夢中でもはや康男の股間を見ていない。ポーズや角度を変えて、できるだけセクシーに股間を見せようとしている。

そのたびにパンツの皺が変化した。その変化から、布で隠された秘処の形が間接的に見えてくるかのようだ。女の子の、女の子である部分が。

康男はおのれ自身を握りしめた。

（きっとまだ毛も生えてない、子どものおま×こ……！）

握っただけで竿肉が愉悦にとろける。軽く擦れば腰全体がじんわり痺れた。目の前にある子どものパンツで自慰に耽《ふけ》る背徳感になおのこと興奮した。

「キモすぎてウケる。彼女できないとこんなみじめなおじさんになるんだなぁ。オミくんはナスカがいるからずっとイケメンだよねー」

ナスカはやはり康男に目もくれず自撮りに集中している。

「今日はサービスでアソコ見せちゃお」

言うがはやいか、パンツのクロッチ部が横にずらされた。

わずかに見えたのは、無毛の可憐な一本スジ。

性器。

子どもの、おま×こ。

すでに性行為を体験しながら、なお閉じたままの幼い秘裂。

「うッ」

ペニスで電流が弾けた。康男はとっさに先端を手のひらで覆い、ほとばしる濁液を受け止める。脳が白くなって、腰がビクビクと震えた。かつて味わったことのない、悔しくも最高の射精だった。

「キッモ」

少女の冷たい罵倒にいら立ちばかりか甘みを感じる。とびきり可憐な女児に対して、人として許されぬことをした。その実感が背筋をぞくぞくと震わせる。

(俺はどうしようもないロリコンだ)

後戻りはできない。そう思った。


冷静になると危機感が募った。

後戻りしないといけない。人として、お子さまは絶対に駄目だ。

「今日こそはっきり言わないと。子どもがこんなことしちゃいけないって」

覚悟を決めてナスカを待つ。

彼女がやってくるのは平日なら夕方。近所の自宅に帰る道すがら、ランドセルを背負って顔を出す。

康男は待った。

待ちつづけて、三日が経って日曜。

休日の襲撃時間は不定だが、ランドセルを背負ってこないことは共通している。

——どちらにしろやってこなかったのだけれども。

「もう飽きたのか……?」

オミくんの監視に飽きたのか、監視が必要ないくらい仲睦まじいのか、それともフラれて泣き伏せっているのか。

「まあ、これでよかったんだ」

未成年が頻繁に訪れる日々はありがたくも恐怖と隣り合わせだった。警察に通報されたら間違いなく捕まる。隣近所に通報される可能性だってある。

だから、安息の日々が訪れたと言ってもいい。

あとは記憶に残った女児パンツをオカズにするだけだ。

「せっかくだから忘れないうちに絵にしとくか」

寝室のデスクトップPCにペイントソフトを起《た》ちあげた。

まずは液晶タブレットでざっくりとラフを描く。目鼻口はおろか髪も服もない素体でポーズとアングルを検証。お尻を突き出してパンツを強調しようかとも思ったが、すこし悩む。

いまだ女になりきらない少女体型の場合、当然ながらお尻も小さい。だがアングル次第では遠近法でお尻が大きく見えることもある。繊細な子どもの体つきを大人体型の魅力にすり替えるのは是と言えるのか。

「遠近法で大きく見せながら、骨格と肉づきをうまく描いて子ども体型だと思わせるのって難しいからなぁ……どうしたもんかなぁ」

「へえ、絵うまいじゃん」

「ありがとう、ナスカちゃん……ナスカちゃん？」

いつの間にか真横にナスカがいた。

「なんでいるの……？」

「鍵開いてるし」

彼女が来そうな時間には鍵を開けておく習慣がついていた。いちいち出迎えられるのがウザいと言われたからだ。

「うまいけどこれエロい絵だよね。キモい」

「あ、ああ、ごめん、子どもに見せちゃ駄目だよね、消すよ」

「子ども扱いウッザ……じぇるQの人形持ってるほうがガキじゃん」

PCデスクにはエンジェルキュートのフィギュアが並んでいる。本棚にもズラリ。フィギュア以外にもさまざまなグッズをあちこちに配置していた。

「でもナスカちゃんも前は好きだったんでしょ？」

「去年で卒業したし。いまはオミくんに教えてもらったガンドル見てるし」

ガンドルと言えば男性向けロボットアニメの金字塔である。義務教育の女の子が喜んで見るイメージはないが、恋人の影響なら納得できる。

「だいたいアイドルとかふつーって言うか、ナスカだって『ばるばら』の読モやってるから、もうアイドルって言ってもいいよね」

ナスカはさも誇らしげにふふんと鼻を鳴らす。

康男はすばやく「ばるばら」と「読モ」でネット検索。小中学生向けのファッション誌が出てきた。

「読モって、街で写真撮られるやつ？」

「大人っぽくてオシャレだしスタイルもいいねって言われたんだよ、プロのカメラマンに！　おじさんと違ってイケててカッコいいお兄さんだったなぁ」

「だろうなぁ……」

ファッション誌のカメラマンともなれば身なりにも気をつけるだろう。自分のような中年が子どもに声をかけたら即事案扱いもありえる。

「オミくんとは美男美女カップルって感じ？　お似合いなんだよねー」

「そういえば今日はデートとかないの？」

言ってすぐ失言に気づいた。

ナスカは口をこわばらせ、目を潤ませている。喧嘩でもしたのだろうか。このまま大声で泣きわめかれたら危ない。うちに小さな女の子がいますよと喧伝《けんでん》するようなものだ。

「あ、そうだナスカちゃん！　今日はケーキがあるよ！　レアチーズケーキとガトーショコラ、どっちがいいかな？」

「……チーズケーキ」

康男は御機嫌取りに徹した。

チーズケーキとミルクティを献上したあとは、ひたすら褒めた。ファッションを褒め、容姿を褒め、要所要所で自分を下げることで優越感を与える。

「おじさんみたいな駄目な男は、正直目を合わせるのもおこがましいよね。おじさんが若いころならテレビにしかいなかったレベルの美人だし」

「まあ、仕方ないよね。ナスカ、読モだし」

多少わざとらしい褒め方だが、見事にナスカは笑顔を取り戻した。美少女でなく美人と呼んだのも効いただろう。いつの世も小さな子どもほど大人に憧れるものだ。彼女のファッションも年のわりに大人びて見える。

「はじめてうちに来たときは驚いたよ、神々《こうごう》しくて」

「うんうん、だよね」

「妖精か天使かって思ったね……いや、いまも思う」

「言い方キモーい、きゃははっ」

最近わかったのだが、笑いながらキモいと言うときのナスカは上機嫌だ。言葉に反して嫌悪感はあまり抱いていない。気後れの必要もない。

「ま、そうだよね、ナスカみたいな彼女がいて不満なんてふつーないよね。オミくんもちょっとした出来心だろうし……」

「そうだね、俺には事情はわからないけど、ナスカちゃんが正しいと思う」

基本は全肯定。必要なのは事実でも真実でもなく、承認欲求の充足だ。

やがてナスカはスイーツを食べ終え、満足げにうなずく。

「ん……あのね、おじさん。今日はすごいパンツなんだけど、見たい？」

「もちろん！　ナスカちゃんのパンツはすごく見たい！」

全肯定の勢いで、つい言ってしまった。

「えー、おじさんやっぱキモすぎー」

「あ、いや、いまのは、その……」

「やっぱりふつーは見たいよね、ナスカのパンツ」

ナスカはにんまり。

「見せてあげてもいいけど、犬みたいにお腹見せてよ」

「犬みたいにって、寝転がって？」

「パンツ見たいんでしょ？」

反抗したいがグッと抑える。肯定の流れで突然否定をすると衝撃は段違いに大きくなる。ここで機嫌を損ねるのは得策ではない。

康男は仰向けになった。

「うわー、引くわ～。どんだけパンツ見たいの～？」

ナスカは楽しげに笑いながら、背を向けて康男の腹をまたいだ。ミニスカートなので小さなお尻を包む布が丸見えだ。

ピンク色の生地を黒いレースとフリルが飾っている。ふだんよりも大人っぽくて悩ましいデザインだ。

（勝負パンツってやつか……？）

このパンツを穿いて恋人との肉体関係に及ぶつもりだったのかもしれない。それがなんらかの理由で喧嘩になってしまった――という流れが思い浮かぶ。

理由はどうあれ、清純な細脚とのギャップが激しい。小さな子どもに欲情する正当な理由を与えられているような気がした。

「ほら、また勃起してんじゃん。キモいなぁ、おじさんは」

くふふ、と思わせぶりな含み笑い。

ナスカはズボン中央の膨らみをぎゅっと踏みつけてきた。

「うっ……！」

予想だにしない刺激に康男は身を震わせた。

「わっ、反応すっご……！　ロリコンは子どもに踏まれて悦ぶってホントなんだ？」

「ど、どこでそんな話を……！」

「かわいいナスカちゃんに踏まれて幸せなんでしょ？」

小さな足がぐりぐりと動いて布越しの男根を圧迫してくる。お尻をふりふり御機嫌な笑い声を交えながら。甲高くも愛らしい声が康男の脳を揺さぶった。子どもに性感帯をいじめられ、屈辱と愉悦が入り交じる。

「ナ、ナスカちゃん、待って、うぅ……！」

「声、裏返ってるし！　キモすぎ、きゃははッ！」

下から見あげてもなお小さなお尻だった。

遠近法で大きく見えても、なお小ささを感じる骨格と肉づきの薄さ。それでいて丸みはしっかり帯びている、奇跡的な造形。

さきほど描くべきだったのはこのお尻だと思い知った。

そして、それ以上に、

——もしこのお尻を鷲づかみにして、挿入してしまったら。

惨たらしいほど淫らな想像が脳裏に走った。

ズボンの下で逸物が痙攣しはじめる。ナスカがカカトで思いきり潰してくるが、それすら押しあげるほどの勢いで海綿体が急膨張した。

「うわっ、わ、なにこれ……え、デッカい……？」

ナスカの声に唖然とした響きが混じる。いままで彼女は康男のオナニーを直視してこなかった。ズボン越しとはいえ大人のサイズに触れてびっくりしたのだろう。

「うっ、ううぅ、ナスカちゃん……！」

康男は少女の名を呼びながら、恥辱とともに絶頂した。

びゅくん、びゅくん、と脈打つたびにズボンに染みが広がる。はじめて子どもに触れられての射精に、股間が盛り上がって止まらない。

「う、わ、うそ……ヤバっ……」

中学生の恋人となにが違うのだろうか。やはりサイズか。精力は年のわりに強いほうなので、若者に負けてない可能性もあるが。

快感と驚愕にふたりして呆けていた。

先に冷静になったのは射精を終えた康男のほうだった。

「あ、ああ、ソックス汚れちゃったね……」

ズボンから染み出した濁液がオーバーニーソックスの底に付着していた。

言われて気づいたのか、ナスカは血相を変えた。

「キモッ！　キモすぎッ！　マジキモい、もう無理！　帰る！」

ソックスを左右とも脱ぎ、康男の顔面に叩きつけて逃げ帰る。

「これはまずいかも……」

もし怒って通報されたらどうしようと思う一方、大丈夫だという直感もある。

逃げだしたとき、ナスカの顔は嫌悪感というより困惑が強かった。頬を赤らめ、興奮していたようにも思える。

(たぶんナスカちゃんはえっちなことに興味津々なんだな)

大人の性欲を目の当たりにして、新鮮な興奮を抱いているのだとすれば——。

どうだというのか。

自分がなにを求めてるのか、康男にはまだわからない。

脱ぎ捨てられたソックスを手に茫洋とする。漂う匂いには少女の体臭と中年の性臭が入り交じっていて、不思議な感慨があった。


ナスカの再訪は二日後だった。

よりにもよってドアに鍵をかけてマスターベーションしている最中に。

オカズは自作のエロイラスト。モデルはナスカ。

あまつさえオナホールを使用していた。

「ちょっと、なんで鍵かけてんの！」

安普請のドアをどんどん叩いて喚《わめ》いている。世間体が悪い。

「ちょ、ちょょっと待って！　いますぐ！」

来るにしても一週間は間を置くと思って油断していた。康男は慌ててオナホールを横に置き、ズボンをあげ、前屈《かが》み気味に玄関へ向かう。

ドアを開けると口を尖らせたナスカがいた。

「い、いらっしゃい、ナスカちゃん」

「どうも」

ナスカはずかずかと部屋にあがり、定位置の窓際に張りついた。

今日の目つきはいちだんと剣呑《けんのん》だ。刃物でも持ち出しそうな切迫感がある。

とりあえず康男はスイーツを用意した。シュークリームとミルクティ。先日脱ぎ捨てられたソックスも紙袋に入れて差し出す。

「そんな汚いのいらないし」

にべもなく拒絶された。

「うー！　オミくん、タブレット持ってベッドいった！　角度悪くて見えない！　ナスカのえっちな写真使うのかな……まさか、マジで違うの使ってるのかな……」

「それって、見て見ぬふりしてあげたほうがいいことじゃない？」

「は？　なに言ってんの？」

「いや、話の流れからしてプライベートなことかなと……」

ナスカの発言からして、オミくんはオナニータイムの可能性がある。他人には絶対に見られたくないだろう。中学生と言えば男でも多感な時期である。

だが暴走した乙女心は止まらない。

「ナスカがえろい自撮り送ったんだから、それ使うのが恋人の義務じゃん……なのにオミくん、友だちとおっぱい大きい子の話してた」

八つ当たりのように大口でシュークリームにかぶりつく。口元に付着したクリームをなめとるのは子どもらしいお行儀の悪さだ。

「……胸が大きいアイドルのおま×こなめたいって言ってた」

「それは……そうかぁ」

「しかも友だちと馬鹿みたいに笑いながら、なんか下品で、いつものオミくんじゃなかった……あんなの、クラスの猿みたいな男子とおなじじゃん」

男子中学生と男子小学生の違いなど性的興味の強さぐらいだ。異性を意識して格好つけるが、中身は小学生と大差ない。

が、涙目のお子さまに道理を説いても伝わらないだろう。

(子どもの相手なんてしたことないしなぁ)

たぶん、康男は緊張と昂揚にとらわれていたのだろう。

美少女とおなじ部屋で会話をして、パンツを見せられ、射精したこともある。

屈辱まじりの淫靡な関係に浮かれてしまったのだ。

結果、口を突いて出たのは自分でも予想外の言葉だった。

「俺はナスカちゃんのおま×こなめたいよ」

「きっも」

当然の反応がきてから青ざめる。冷静になってみれば自殺に等しい発言だ。

「子どものおま×こなめたいの?」

「……はい」

もはや言い訳もできない。康男は正座でうつむく。

「おじさん、パパと同い年だよね。恥ずかしくないの？」

「恥ずかしい男だと思います、ごめんなさい」

「どーせふだんからナスカのパンツ思い出してシコシコしてんでしょ」

「……はい、してます」

詰問されると口が乾いていく。すこし息苦しい。

「マジきっもい。警察呼んでもいい？」

「踏みとどまっていただけると大変ありがたいのですが」

「子どもに頭下げて情けないと思わない？　なんで生きてんの？」

「ごめんなさい」

子どもに敬語を使って謝罪する惨めさに全身が緊張する。汗が止まらない。

くすり、と鼻で笑う声が聞こえた。

衣擦《きぬ》れの音がする。ナスカの脚がもぞもぞ動いている。

スカートから細脚を通って、ピンクと黒の布が下ろされていく。脚をあげて抜き取ると、康男の鼻先で揺らされる。

パンツだ。

「ナスカのおま×ことくっついてたパンツだよ」

「おお……」

言葉にならないうめきが康男の口を突いて出た。

「ほしいならあげるよ」

「ほ、本当に?」

「いいよ。ただし、手は使っちゃだめ」

ナスカはパンツを揺らしながら後退する。

康男は何度も首を縦に振り、四つん這いでそれを追った。手はつかえないので、鼻面を押しあげてくんくんと嗅ぎまわす。

嚙みつけば取れそうなギリギリの距離で、ナスカは康男を翻弄した。

「きゃははっ、完全に犬じゃん! おじさん、わんちゃんなの?」

「い、いや、これは……」

「犬がなんでしゃべるの? キモいからパンツ穿いちゃおっかなぁ」

「……わん」

みっともないし悔しいが、鼻先のパンツに屈してしまった。

甘酸っぱい芳香に脳が染まって逆らえない。

「……なにこれ？」

嗜虐的に笑っていたナスカが、きょとんとした様子で言う。よほど気になったのかパンツを手放していた。

康男は床に落ちたパンツに鼻を擦りつけた。子どもの淫臭をたっぷり吸いあげる。触れることの許されない聖域の残り香に酔い痴れて時間の感覚も薄れた。

だから、ナスカがなにをしているか把握できなかったのである。

「これ知ってる。おなほってやつでしょ？」

彼女の言葉の意味を、しばらく理解できなかった。

おそるおそる顔をあげて、康男は凍りつく。

ＰＣデスクに置いておいたオナホールにナスカの視線が釘づけだった。

「ナ、ナスカちゃん、それは見ないほうがいいよ……！」

迂闊《うかつ》だった。自室に入ってくるとは思っていなかったのだ。てっきり居間で恋人観察にうつつを抜かすと高をくくっていた。

「うふっ、あははは っ！　おじさんキッモい！　女の子とえっちできないからってこんなの使ってるんだぁ？」

ナスカはピンク色のシリコンを指で弾いた。プルプル震える様に爆笑する。

ローションが滴り、下に敷いておいたスーパーのビニール袋を汚す。それすら小さな女の子には最高のジョークになるのか、笑いが止まらない。

「あー、おもしろすぎ。おじさん、童貞？」

「……はい」

「生のおま×こ見たことないの？」

「……ないです」

「ふーん、そうなんだぁ」

ナスカは目を細くして微笑している。子どもらしからぬ艶美な笑み。

「おま×こ見せてあげよっか」

スカートの裾をつまんで、持ちあげていく。

「い、いいの……？」

「あんまりにもおじさんがカワイソーだからぁ。ナスカちゃん優しいしー」

裾が持ちあがっていく。細脚が根元まで明らかになっていく。

きめ細かな幼肌がかすかに汗ばんでいた。

そして左右の脚の合間——ちらりと見えた。

一瞬、なにかわからなかった。脚と変わらず肌が美しい。大人と違って縮れ毛の一本もない。あるのは一筋の裂け目だけ。ふんわりした肉埠が押しあって仕上がった、はみ出すものがいっさいない未熟な秘処。

これこそが完璧な性器の在り方だとすら思った。

天使のように清純な造形に感動し、欲情した。

「うっわぁ、めちゃくちゃ息乱れてる……引くんですけど」

「ごめんなさい……でも、あんまりにも綺麗で、かわいらしいから」

「なめてよ」

「はい。はい？　はい……？」

突然のご要望に頭がついていかない。

「たしかさ、アレ、こういう感じの……バター犬って言うんだっけ？」

ナスカはシュークリームを握りしめた。

あふれ出したクリームを、あろうことか股に塗りこむ。ぴったり閉じていた秘裂が指の分だけなめらかに割れた。中年童貞の目を惹きつけてやまないその柔らかさは、しかしすぐにクリームで覆われてしまう。

「んっ、ふふ、くすぐったぁい」

左手でスカートをまくったまま腰をよじる。しなを作っている。幼いなりに女らしく振る舞うことを知っている動きだった。

「ほら、わんちゃん。なめてよ」

「で、でも、そんな直接的に接触したら、さすがに……」

「は？　ナスカちゃんがなめてって言ってるのに逆らうの？　キモブタおじさんがキモわんこにレベルアップできるチャンスあげてるのに」

ナスカはスカートを手放してスマホをいじった。

クリームまみれの秘処がスカートで遮られ、康男が落胆するのも一瞬。

直後、押し出されたスマホの画面を見て凍りつく。

「おじさんの変態画像ネットで拡散しよっかなぁ」

映し出されているのは、畳に膝をついてオナニーに耽る康男だった。

「そんな画像、保存してたらスマホが汚れちゃうよ……」

「だよねぇ。警察に見せてから消すべきだよねぇ」

自業自得とはいえ、あからさまな脅迫に康男は怯《ひる》んだ。

「私、ペットには優しいよ？」

逆らえない。これ以上の行為はなおのこと警察沙汰だが、受け入れるしかない。受け入れたい気持ちがあることも、康男は自覚していた。

舌を出した。

「じゃ、ご褒美あげるね」

あるいは自分以外の女を意識している恋人への当てつけなのかもしれない。

康男にとって重要なのは、ふたたびスカートがまくられたことだ。

クリームまみれの股ぐらに鼻面《はなづら》を近づけていく。

「待て待て、キモ犬まーて。おあずけ、ふふっ、まだだよ、まーだ」

あやすような優しい口調はかえって屈辱的だった。

しかし、目の前で甘い匂いを放つ幼陰に気持ちが昂《たかぶ》って止まらない。脅されていても、そこにあるのは夢にまで見た子どもの性器だ。

「まて、まて、まーて……よしっ」

許可がもらえると同時に康男はむしゃぶりついた。

舌を伸ばしてクリームをなめとる。舌先が肌を滑って、甘味に汗の塩気が加わった。おいしい。背徳感というスパイスが麻薬的な昂揚感をかき立てる。

さらに舌を駆動した。

れろれろと軽くすばやく。

クリームをこそぎ落とすように激しく。

「んっ、ふっ、くすぐったぁ……キモ犬ひっしすぎぃ、引くんですけどー」

ナスカは上機嫌だった。大人の男を屈服させた勝利感に酔っているのだろう。

康男にとって重要なのは、軽く息を乱していることだ。

(俺の舌で感じてる……!)

子どもにも性感帯はある。知識では知っていたが、実践で目《ま》の当たりにすると興奮度が違う。しかも康男はまだふわふわの皮膚部しかなめていない。さすがに割れ目の内側は気が引けていたのだが。

ためしに舌先を尖らせ、縦スジに押しこんでみた。

「ひゃっ、んッ……!」

ナスカは身悶えをした。あきらかに感じている。

肉の溝をほじくれば吸いつくような粘膜が待っている。熱くて、浅くて、小さな剝き出しの肉。ぴりりと舌の痺れる味がクリームの甘味を刺激的に彩《いろど》る。もっともっと味わいたい。舌が暴れて止まらなくなった。

「あっ、キモいっ、この犬キモすぎ……あはっ、大人のくせに四つん這いで子どものお股ぺろぺろして、ほんっとみっともなーい。撮っちゃお〜っと」

スマホがパシャパシャと音を鳴らす。ますます逆らえない材料が増えた。

「んっ、んふっ、はぁ……キモ犬、ちょっとまて」

命じられるまま舌を止める。

「寝転がって、上向いて。お腹見せて、ごろんってしろ」

さすがに屈辱がすぎる体勢だが、やはり逆らえない。仰向けに寝転がった。

「ズボンとパンツ脱げ」

抗《あらが》えない。ズボンとパンツを脱いで、ガチガチの逸物を天に向けた。

「ほんとめちゃくちゃデッカくするよね……ナスカのおま×こなめて興奮したの？」

「……しました」

「きっも。最悪。どうせナスカとセックスしたいって思ってるんでしょ？　完全に性犯罪者じゃん。キモすぎ。最低。死ねばいいのに」

言葉の端々に嘲笑が混ざる。

けれど、と康男は思わずにいられなかった。

（さっきなめたとき、トロッとしたものが垂れてたくせに）

ナスカは濡れていた。中年の舌遣いに気持ちよくなっていたのだ。未熟な性器のくせに、快感を覚えていたのである。

「でもぉ……四十代なのにお仕事なくてバイトしかできない底辺無能おじさんだもんね？　ストレスで変態になっちゃうのも仕方ないよね」

甘ったるく媚びたような声。なにかを企んでいる語調。

「目、閉じて……かわいそうなおじさんを、ナスカが幸せにしてあげる」

なにを企んでいるのかはわからない。

だが康男は言われるままに目を閉じた。

「いい子だね……ご褒美だよ」

ぬち、と亀頭に柔らかなものが張りついた。あふれ出していた先走りが潤滑液となり、ゆっくりと滑り降りてくる。ペニス全体に弾力のある感触が粘りつく。

「うっ、ぉお……！」

「うわぁ、おっきいのでぐいぐい広がってる……すっごい……」

「ナ、ナスカちゃん、これは……！」

康男は思わず目を見開いた。

股間にまとわりつくピンク色に、やはり、と得心する。

「残念、オナホでした～」

「だよね……冷たかったし」

いくら童貞でもシリコン製品と人間のぬくもりを間違えたりはしない。

だからと言って落胆したかと言えば、そうでもない。

(こんな小さな美少女が、オナホ越しに俺のち×ぽを握ってる……!)

紛い物を使用しようが、これも立派な性戯である。しかも気持ちがいい。昂らないはずがない。

「こんな変なのでシコシコしてんの？　おじさん、かわいそー」

ナスカは大人を欺《あざむ》いてご満悦らしく、無邪気に笑って性玩具を動かした。乱雑な扱い方が新鮮な快感を生み出す。自分で使うときとは別種の上下動だ。圧迫感が弱いのも子どもの握力を感じさせて興奮を誘《さそ》う。

「ふぅ、あぁ、ナスカちゃんっ……!」

「この犬、鳴き声までキモいんですけど。ほら、なめなよ。ペロペロしてよ。気持ちよくしないと通報するからね？」

あまつさえ、ためらいなく顔をまたいでくる。

一本スジが眼前に現れると康男の舌が勝手に動いた。薄い花弁をなめたくってナスカの反応に心躍らせる。

ひく、ひく、と少女の腰は震えていた。

「んっ、ふッ、きもいっ、あはっ、ほんとおじさんって最悪……！」

中年男の舌戯に感悦しながらも挑発してくる。オナホールを使う手も反発的に激しくなる。貫通型ホールなのでカウパー汁が上からあふれてちいちゃな手を汚す。そんな汚辱に気づかないほどナスカは夢中になっていた。

「うっ、あうッ、ナスカちゃん、それ気持ちいいッ……！」

「うわぁ、変態マゾ犬！　キモ犬っ、んっ、あっ！　気持ち悪いッ、最低っ、キモいキモいキモい、あははッ、キモすぎわんちゃんッ、あぁんッ……！」

自分が上位だと思いこんで快楽を貪《むさぼ》る未熟な女児——なんて浅はかな生き物だろう。康男は哀れみすら感じた。人生経験も乏しいお子様が勘違いして、図に乗っているだけだ。すでに股ぐらは康男の唾液だけでなく、甘ったるい子ども汁であふれているというのに。

——ちょっとだけ、わからせてやろう。

子どものオナホコキは威力抜群だが、耐えられないほどではない。直接的な刺激なら自分でしたほうが握力の問題で数倍気持ちいい。

なめまわして把握した陰部の構造にもとづいて、明確な弱点を責める。

つん、と舌先で、秘裂の頂点をつついた。包皮に覆われた敏感な豆粒である。

「ひんッ！」

ナスカの腰が引きつった。股間がぐりゅんっとねじれ、康男の顔いっぱいに割れ目が擦りつけられてしまう。

さらに舌先で包皮を押しあげ、米粒のような陰核を剝き出しにした。直接なめるとナスカの腰がますます暴れた。愛液もとめどなくあふれ出す。康男の顔がべとべとに汚された。

「んっ、んーッ、はっ、あんっ、生意気ッ……キモ犬のくせに……！」

ナスカは舌打ちをしながらも腰をどけようとはしない。むしろ押しつけてくる。小生意気な態度はいつもどおりだが、確実に快感を求めていた。

ここぞとばかりに、康男はなめた。

吸った。

ぢゅるぢゅる、ぢゅぱぢゅぱ、音を立てて行為を強調する。おまえの恥ずかしいところをなめてるんだぞと思い知らせて興奮を誘うのだ。

「あっ、うぅ、はあぁ……！　このキモ犬っ、ふぅ、ふっ、ふぅうッ……！　も、うっざいなぁ、さっさとイケよぉ……！　このっ、このッ！」

「おっ、ぐうぅ……！」

ナスカは泣きだしそうな声でオナホールを振りたてた。最後の抵抗だろうが、康男にとってても痛烈に効く。夢にまで見た無毛の股をなめ、喘ぎ声を聞いているのだ。昂揚感にペニスも腫れあがって過敏化している。

もう長持ちしない。康男は最後の勝負をかけた。

ぢゅるるるぅうううううッ――～～ッ！

陰核を強く吸いこみながら、鼻をぐりぐりと秘裂に押しこむ。窄《すぼ》まった膣口を押しやれば、華奢な下肢が大きく震えた。

「やっ、あっ、なにこれっ、あぁぁあッ……！　んぅうううぅぅうううッ！」

ナスカは薄い背をピンと伸ばして痙攣した。

秘処も激しくわななき、肉汁が塊《かたまり》で垂れ落ちる。

(女児の絶頂だ……！)

感動する康男にも最後の刺激がやってきた。ナスカがオルガスムスに身を固めた拍子に、子どもらしからぬ握力でオナホールを握りしめたのだ。

甘美な圧搾感を康男は受け入れた。

貫通オナホールからすさまじい勢いで白濁が噴き出る。

びゅー、びゅー、びゅるる、と持続的に、清々《すがすが》しいほど大量に。

「あーっ！　あーッ！　はぁあ……！　やだ、ぬるぬる、やだぁ……！」

ナスカはか弱い声をあげるが、オナホールを手放さなかった。手が汚れても快感に身悶えし、心なしかうっとりと声をとろけさせる。

ランドセル適齢期の美少女をイカせて、精液までかけてしまった。

こんな幸せがほかにあるだろうか。

もう警察に捕まってもいいとすら、康男は思った。


……とはいえ、本当に通報されたら人生おしまいである。

スマホを突きつけるナスカに、康男はただただ平伏するしかなかった。

「見てよ、めっちゃよく撮れてるでしょ？」

下半身裸の康男と、悪戯っぽく笑うナスカのツーショット写真である。彼女の手には白濁まみれのオナホールが握られていた。

一発で人生が終わる。確実にだ。

「お子さまにオナホでイカされるとか人間としてサイテーサイアクだよね。犬としてもキモ犬だけど、ギリ生きてて許されるレベル？　まあナスカちゃんは優しいから許してあげるけど、今後はゼッタイフクジューだよ？」

「はい……おっしゃるとおりに」

畳に額を擦りつけながら、康男は苦虫を嚙みつぶしていた。

ついさっきまで可愛らしくアンアン喘いでいたくせに、と腹が立つ。

なまじ性戯で勝利感を味わったせいで、いまの彼女に不満を抱いてしまう。

「これからこの部屋はナスカの遊び場だからね」

ナスカの頰にはまだ赤みが残っている。体に愉悦が刻みこまれているのだ。

それが逆転の足がかりになるかもしれない。

康男はひそかにそう考えていた。

第二章　生ハメ下克上の生配信

バイト中の康男は調理場の奥で黙々と作業をしている。

せっせと調理し、盛りつけをする。電話対応、宅配サービスもする。最近はバイト全員分のシフト調整を任されることもあった。

受け持っていないのは接客ぐらいだ。

「見えるとこにみっともないヤツがいたら客に逃げられるだろう。だれを雇うかは店舗の裁量だが、運用に口を出すのは俺の仕事だ」

売り場の真ん中で馬垣社長は得意げに太い顎をしゃくる。

ラフな服装の中年だった。ポロシャツに革のジャケットを重ねて下はジーパン。ただし康男の利用している量販店の衣類とは値段の桁が違うだろう。

背は低いが筋肉質で、威圧感のある強面の男だった。

顎が太く、眉が薄く、角張った顔をしている。薄い唇は皮肉な笑いに歪みがちだ。背の低さがかえって不気味な迫力を醸し出している。なにかと康男をいじめていた未成年のころと変わらない。

左右に可愛らしい女の子がいなければ目を向けるのも嫌だった。

「パパ、晩ご飯はおべんとにするの？」

社長の右隣でナスカが不満げに口を尖らせている。

「家族で夕食に弁当は虚しすぎるだろ。お母さんと合流したら、ちゃんとしたレストランに行く。スナオの大好きなハンバーグカレーもあるぞ？」

馬垣社長が語りかけるのはナスカでなく、左隣のさらに小さな娘だった。

背丈と顔立ちからしてナスカより三つは年下か。ショートボブの黒髪にお上品なワンピースがナスカと正反対に清楚な印象だった。どこか眠たげでおっとりした様子もお嬢さま然としている。

「ハンバーグカレー、ここにはないの？」

「カレーはあるしハンバーグ単品で注文すればトッピングできる。でも弁当屋のカレーだぞ？　ちゃんとしたレストランで食べたほうが絶対においしい」

半笑いで自社の商品をコケにする。しかも店舗の売り場で。昔から無神経さと横暴さを兼ね備えた男だった。社長の座を譲った亡き父親も草葉の陰で泣いているだろう。

二代目になってから社運が傾いたと店長も言っていた。

「それにさ、スナオ。あんなブタみたいなおじさんがよそったゴハン食べたい？」

「ぶはは！　佐藤が盛りつけた弁当はぜんぶトンカツ弁当になるな！」

ナスカと馬垣社長が楽しげにあざ笑う。

康男は苦々しい気持ちを嚙みしめて作業に集中した。店で馬垣親子に嘲笑されるのも慣れている。嫌な気分を飲みこむのはもっと昔に慣れた。仕事が選べる歳でもないので、飲みこむ以外にないのだ。

(父親がこんなんだからナスカちゃんもこうなっちゃったんだろうな)

腹は立つが気の毒でもある。子どもは親を選べない。

「ブタのおじさんはお料理つくるの下手《へた》なの？」

悪気もなく小首をかしげるスナオがほほ笑ましくも痛ましい。どうかこの子だけは真っ当に育ちますように、と心から願う。

横暴親子は店内に客が訪れてもかまうことなく嘲笑を飛ばした。

「あの、社長……すこしよろしいですか」

正面から声をかけるのは、本部との電話を終えた店長だった。痩せぎすで腰の低い中年だが、言うべきことはためらいなく言える男である。

「ああ？　なにか問題があるか？」

「いま廃棄について本部と電話していたのですが、社長と直接相談したいことがありまして。お時間よろしいでしょうか？」

「いまは家族との時間だ。そっちでなんとかしといてくれ」

「しかしですね、本部に聞いたかぎりですと……」

「細かいことは任せる、そういう方針だ」

馬垣社長は面倒くさそうに顔を歪めると、スナオの手を取りきびすを返した。

「社員に任せたら口を出さない。じいちゃんも言ってたことだぞ」

「おじいちゃん？　そうなの？」

「あ、待ってパパ」

店を出るふたりをナスカが追う。

社長一家が消えると、店長ははにかむような笑みを康男に向けた。

「お疲れさま、佐藤さん」

「いえ、店長……その、助かりました」

「あのひと、真面目な仕事の話はぜんぜんわからないから逃げちゃうんだ。実務はほとんど部下に投げっぱなしだし、先代とは大違いだよ」

「大丈夫なんですかね、うちの会社」

「あんまり長くないかもね」

店長のおかげでほんのすこし溜飲が下がった。

馬垣の会社など潰れてしまえと思うが、この店舗は潰れてほしくない。一時のバイト先でしかないが、店長をはじめ気さくで話しやすい従業員が多い。

「お子さんのためにも、社長は一皮剝けてほしいんだけどねぇ」

「ですねぇ」

中年同士で苦笑を交わした。


ナスカはスマホのカメラアプリを新しくして、激怒した。

高倍率かつ精度の高いズーム機能でオミくんの部屋を覗いたのだが。

「あ、ああー！　おっぱい！　おっぱいだ、おっぱい！　最悪最悪最悪！」

オミくんがタブレットで巨乳女性の画像を見ていたらしい。

しかも、シコシコとマスターベーションをしていた。

年齢相応に慎《つつ》ましい胸のナスカは、怒りのあまり突如として、無表情に変わる。

「帰る」

「そっか……元気出してね」

「あんたも来るのよ」

「え」

「うちに！　くるの！」

地団駄でも踏みそうな勢いで玄関へ向かうナスカを、康男は慌てて追った。

「うちって、ナスカちゃんの家……？　それはまずいんじゃない？」

「今日はパパもママもスナオも三人で出かけてていないから、だいじょうぶ」

「でもね、俺みたいなのがナスカちゃんといっしょに歩くと……」

「十メートル離れてついてこい、キモブタ！　でないとこないだの画像、パパと警察に見せて逮捕してもらうから！」

逆らえるはずがない。

康男は家を出て、玄関の鍵を締めると、十メートル間隔でナスカを尾行した。

(父親の横暴さをしっかり受け継いでるなぁ……)

嫌な思い出が蘇《よみがえ》る。小学校のころ馬垣たちのランドセルを持たされた記憶。十メートル以上遅れたら罰ゲームのケツキック。愛想笑いをしながら彼らの背中を追った。

近寄りすぎてもいじられるから距離を保つのに細心の注意を払った。

くらべてみるとナスカの後ろ姿は可愛らしい。

軽くたなびく長い髪も、ふりふり揺れる短いスカートも。

(でも、いくらかわいいからって、なんでも許されるわけじゃない)

今日は気持ちに余裕がない。親子ふたりがかりで嘲笑されたのはつい先日のことだ。

可愛さあまって憎さ百倍である。

やがてたどりついた家を見あげて、固唾《かたず》を呑む。

赤煉瓦を模した壁に黒い屋根をかぶせた、やや広めの一般住宅。リフォームをしたのか記憶とは形が違っていた。

「突っ立ってないでさっさと入ってよ、ブタ……！」

小声で怒鳴られ、康男はそそくさと馬垣家に踏みこんだ。

玄関でふいに息苦しくなった。壁際に配された観葉植物の匂いに紛れて、嫌なにおいが鼻孔をくすぐる。悪臭ではない。

ごく普通の人家のにおいだが、康男にとっては最悪だ。

(馬垣の家のにおいだ……)

嗅覚は記憶に結びつきやすいと聞いたことがある。

小中学生のころ、馬垣に呼ばれてさんざんひどい目に遭わされた。平均より身長の高かった馬垣はいまよりもずっと威圧的で、暴力的だった。

屈辱も苦痛も味わった。

小遣いを巻きあげられたこともある。

家の臭気によって当時の実感すら蘇ってきた。

「はやく来なよ、ナスカの部屋は二階だから」

階段を登る。昔より幅が狭く感じる。リフォームのせいか、自分が大きくなったせいか、緊張しているせいか。

登りきって、部屋に入ったら、もうだれも止められない。

王様気分の馬垣が奴隷の康男を踏みにじる時間がはじまるのだ。

「部屋の前で待ってて」

康男はドアを眼前に立ちつくした。

可愛らしい木製のプレートに「なすか」と書いてある。

過去の馬垣の部屋には「勝手に入ったら殺す」の貼り紙があった。

(落ち着こう……ナスカちゃんと馬垣は別人だ。それにどっちかと言うと、馬垣に見つかる危険性を考えるべきじゃないか……?)

冷静に対処したいが頭がうまくまわらない。

思考が進まないうちに、ドアが内側から開かれた。

「特別に入れてあげるけど、許可しないかぎり絶対に声あげないで。あとこれも」

渡された不織布のマスクをつける。

おそるおそる部屋に踏みこむと、別世界がそこにあった。

愛らしい色、甘い匂い、可憐な調度品。

淡いピンクや黄色、白など、柔らかな色が周囲を埋めつくしている。カーテンもベッドもフリルが大量にあしらわれ、ぬいぐるみも大量にあった。学習机に置かれたランドセルもほほ笑ましい。壁に貼られた男性ミュージシャンのポスターがすこし浮いているが、年齢相応の趣味だと思えた。

「じゃ、配信するよ」

「配信って……？」

「黙れって言ったでしょ、ブタ」

ナスカはベッドに座り、ローテーブルに置いたノートPCをいじりだした。

不織布のマスクをつけ、軽く深呼吸。

目と眉で笑みを形作ると、彼女の雰囲気がぱっと華やいだ。

「はろはろ～、夕方からこんちゃ～。アスカちゃんですよ～！」

ノートPCに接続したカメラにぱたぱたと手を振る。康男には絶対に見せない愛嬌たっぷりの態度だ。

「わ、こんな時間なのに爆速でいっぱい来てる……そんなにー？　みんなそんなにアスカちゃんに会いたかったの？……うん、知ってた。みんなアスカちゃんのこと大好きだもんね。アスカちゃんもみんな大好きだよ～」

声も鼻にかかって媚びこびである。

導入から慣れきった様子で、カメラの向こうに話しつづける。

（配信者やってたのか……）

康男はカメラのフレームに入らないドアの前で沈黙を守っていた。

いまどきはスマホとネット回線があれば気軽に配信ができると知ってはいる。未成年の配信者も珍しくはない。趣味として配信をしているのは理解できる。

わからないのは、その場に康男を連れてきたことだ。

「実は今日は～、ゲストを連れてきました～。ほら、おいでおいで」

いきなり手招きされて狼狽《ろうばい》する。声も出せないし、おろおろするしかない。

「おいでって言ってるでしょ～？　アスカちゃん怒っちゃうぞ～？」

媚びた口調ではあるが、逆らえば本気で怒るだろう。

康男は肩を縮めて彼女に近づいた。

「ダメだよぉ、ブタさんは四つん這いじゃないと。邪魔だし〜、あはは」

ゲシゲシと弁慶《べんけい》の泣きどころにカカトが入った。子どもの脚力でも痛い。涙目で四つん這いになる。このほうが顔を隠せるからマシかも、と無理やりプラス思考。

背中にナスカの足が置かれた。

「こちら、ブタ奴隷おじさんで〜す。四十歳にもなって無職のフリーターやってる底辺さんでかわいそ〜だから、アスカちゃんが飼ってあげてまーす」

カカトが何度も背中に突き刺さる。痛いし、記憶がくすぐられる。馬垣にひざまずいて踏みつけられたことが何度もあった。

康男の心情を知ってか知らずか、ナスカの声は上機嫌になっていく。

「え〜？　うらやましい？　アスカちゃんの奴隷になりたいの〜？　あはは、変態さんいっぱいだぁ〜。ダメだよ〜、そんなこと言っちゃ。このブタ奴隷みたいになっちゃうよ？　うん、だいじょーぶ。変なことされたら即つーほーしちゃうから。心配しないでね……アスカはみんなのものだから。うふふっ」

画面を見なくともコメント欄の盛りあがりは想像できる。ナスカの配信を見にくるのはロリコンばかりだろう。

そんな連中にちやほやされて配信が癖になったに違いない。

（でも、それだけじゃない）

ナスカは人前で康男をコケにしてストレスを解消しようとしている。

他人を踏みつけて優越感を覚えるのは父親譲りの悪癖だろう。

ふだんの康男なら自分の情けなさを嘆き、通報の危険に震えるところだ。しかし、馬垣邸においては違う。過去のフラッシュバックに胃が重くなり、思考が鈍る。脂汗がにじみ出て、ただただ状況に耐えることしかできない。

「えー、ネトラレ？　違うよぅ、こんなブタ奴隷とみんなは違うし～。みんなは無職バイトのハゲデブおじさんじゃないでしょ？……あ、ハゲデブおじさんいる？　あはは、ダメだよぉ、アスカのためにダイエットしてね、ちゅっ」

虚空《こくう》にキスする音が、馬垣の舌打ちのように聞こえた。

息苦しい。腹ばかりか頭まで痛くなりそうだ。

何十年も前の記憶がいまさら自分を苦しめるとは思わなかった。

（なにか違うことを考えないと……楽しいことを、なにか）

懊悩《おうのう》する康男を置いて、ナスカはますます上機嫌になっていった。

「もー、みんなアスカちゃんのこと好きすぎ～！　そんなに好き好き言われたら嬉しくて体火照っちゃうよ……あー、あっついなぁ～？」

ぱふぉ、ぱふぉ、と空気が閉所を押し出されるような音がした。

康男は体勢的にナスカを見ることができない。かわりにノートPCの画面を見る。

配信画面が映し出されている。

ナスカは前のめりになり、シャツの襟ぐりを指で引っ張っていた。うっすら膨らんだ桃色のジュニアブラが垣間《かいま》見えている。視聴者コメントが異様な早さで流れていく。

みんな未成熟な胸元に夢中だった。康男も目を剝いて見入ってしまう。

(ちっちゃいけど……やっぱり女の子なんだ)

醬油小皿ほどもあるか否かの、ごくごくなだらかな乳肉。

自分は女なのだという最小限の主張がいたいけで、いとおしい。年相応な体つきがかえって官能的だとすら思えた。魅入られるうちに、康男の腹を満たしていた重圧が薄らいでいく。

「アスカまだおっぱい小さいけど……みんなはこういうの好きなんだ？　背もね、友だちの中では小さいほうだし……もちろんお顔も声もアスカが一番だし、スタイルだって脚がながくて、一番オシャレさんだけど、背も胸もぜんぜんで……」

自虐的な口調に、ますますコメントが活気づく。

『ちいさくてかわいい』

『アスカちゃんは世界一かわいいよ』

『ちっぱい吸いたい』

『えっちしたい』

励ましと好意にとどまらず、醜悪なセクハラまで飛び交った。

「えー、みんなキモすぎー。そーゆーの犯罪的だよ〜？」

一転して楽しげなナスカ。その反応にもロリコンたちは熱狂する。見目麗しいロリータであればなにを言われてもうれしいのだろう。

「アスカは二十一歳だけど〜、見た目は子どもっぽいじゃんさ〜？」

かなり無理のある年齢詐称だ。ナスカはどうがんばっても中学生に見えるか否かである。小柄で童顔な成人女性も存在はするが、骨格や肌艶にどうしても年齢が出る。すくなくとも康男レベルのロリコンなら見分けがつくだろう。

「みんなはちっこい子にしか興奮できない駄目なヒトなんだよね。アスカの配信を見て、シコシコひとりでいじっちゃうかわいそーな童貞さんなんだよね？」

ナスカは上体を後ろに傾け、ベッドに手をついた。康男に乗せた脚を左右で組みかえる際、桃色の下着がかすかに覗ける。コメント欄が荒れ狂う。

「えー、見えちゃった？　恥ずかしーなぁ。パンツって、女の子の大切なところを隠してるんだよ……アスカのちっちゃいアソコ、想像しちゃった？」

薄目の流し目をしながら、自分の指をちろりとなめる。

あきらかに男を誘う女の仕草だ。

「ちっちゃい美少女と……ぱこぱこしたいって思っちゃった？」

ぱこぱことは性交の擬態語だろう。子どもっぽい言いまわしだが、猥雑で直接的な誘惑だった。コメント欄も最高潮を迎える。

直後、ナスカは「きゃはっ」と幼げに笑った。

「じゃ、ここからは有料ね、よろしく～」

ベッドから康男の背に腰を移動させ、ノートＰＣを操作する。

ネット配信については康男もさほど詳しくはない。クレジットカードなどで課金した者だけが視聴できる限定配信がある、程度の認識である。

有料限定ならば特別な配信になってしかるべきだ。

「はい、じゃあここからアスカとおにいちゃんたちの秘密の時間だよっ」

ナスカはベッドに戻ってウインクをすると、自分の体を撫でまわした。

左手は胸に。

右手は股に。

スカートがまくれてパンツが見えてもかまわない。

「えへへぇ……おにいちゃんたちとお話して興奮しちゃった……おにいちゃんも興奮してくれたかな？　ドキドキしたらラブ飛ばしてね」

ラブとは投げ銭のことだろう。

ハートマークが飛び交っている。お金がどんどん振りこまれている。額はわからないが、子どもの小遣いにしては多すぎるのではないか。

「あはは、みんなのラブ受け取ったよ！　アスカもうドキドキ止まんないかも……手、動いちゃう……んっ、ふふふ……」

ナスカの動きが変化した。

手のひらで大雑把に撫でまわす動きから、指先でのピンポイント刺激へ。

薄い胸の先端——乳首の部位を爪でカリカリと引っかく。

股の中央——閉じた裂け目に沿って指を上下させる。

（エロ配信のために年齢詐称してたのか……）

いまどきの子どもは、と嘆きたい気持ちもあるが、それ以上に昂った。性格は悪くとも見てくれは美少女である。自慰行為を見せられ、間近で吐息と喘ぎ声まで聞けるのだ。ありがたくて呼吸が乱れて仕方ない。

「んっ、あぁ……きもちいい……おにいちゃんはきもちよくなってる？」

ハートマークが飛ぶ。金が飛ぶ。

ただひとり、康男だけが無料で痴態を拝んでいた。

見世物にされた屈辱と過去のトラウマを優越感が和らげる。

「はぁ、んっ、んッ、いっしょにきもちよくなるの、好きぃ……」

ナスカの声は康男の知るものよりずっと甘い。男に媚びた声だ。そうすればおひねりが飛びやすいからだろう。

「あんっ、あーっ、みんな見て……こんなになっちゃったよ」

脚をM字に開くのもカメラに股を見せつけるため。

コメントが猛り狂う。

桃色の下着にじっとりと染みができていたのだ。

「ちっちゃい子だってこんなに濡れるんだよ、おにいちゃん……えへ」

脚の付け根のくぼみをなぞり、やんわり膨らんだ肉まんじゅうを強調する。起伏のすくない幼児体型だが、細部を見ればしっかりと立体感があった。画面越しでもロリータがオナニーしているという説得力があった。

「ね、おにいちゃん……次は直接触りたいんだけど、どうかな？　ＹＥＳのひとはラブを飛ばしてねっ」

わざわざ腰を持ちあげて小さくよじる。濡れたパンツを見せつける仕草にハートマークが飛んだ。次々に飛んだ。弁当屋のバイトで稼ぐよりずっと効率がよいかもしれない。すくなくとも視聴者は美少女のオナニーには一定の価値を認めているだろう。康男とて立場が違えば同じことをしていたかもしれない。

まもなくナスカは腰の動きを止めた。

「へへぇ、みんなえっちだなぁ。それじゃ、直接やっちゃうね」

指先が股布の左右から潜りこむ。

「はっ……！　あぁ……おにいちゃん……！」

声の甘みが増した。

布ごしに指が蠢《うごめ》くたびに、ちゅく、ちゅく、と水音が鳴る。

パンツの染みが広がるたびにハートマークが飛んだ。

『えろすぎ』

『パンツの下見たい』

『アスカちゃんのちっちゃいワレメ見せて』

ゲスなコメント群にナスカは愛想よく笑みを返した。

「だーめ、おにいちゃんのえっち！　アソコ見せちゃったらBANされちゃうからダメだよぉ。絶～っ対に見せてあーげない」

などと言いながら、ナスカはふたたびパンツ上から秘処に触れた。強く、押しこむようにしてから、パンツのウエスト部分を真上に引っ張る。

桃色の布が股ぐらにぴったり張りつく。

濡れた布が閉じた割れ目に挟まれ、縦溝を形作っていた。

「見せないよ～、アスカちゃんの秘密の部分、ぜったいに見せないよ～」

直接は見せていないが幼裂の形状は丸わかりだ。

しかも割れ目を中心に刻々と染みが広がっていく。不特定多数に陰部の形を披露する行為に、ナスカは間違いなく興奮している。

「えへへぇ、そろそろガチオナしちゃおっかなぁ」

ナスカはベッドから降りて、学習机の引き出しの奥を漁《あさ》った。

戻ってきたとき、その手に握られていたものがコメント欄に嵐を呼ぶ。

『待ってました！』

『神器《じんぎ》きたな』

『アスカちゃんの恋人じゃん』

こけしのような形状をした充電式の器具である。

「じゃーん、いつもの電マくんでーす」

ふたたび脚をM字に開き、両手で持った電マを股にあてがう。

上下に軽く擦るだけで不織布マスク越しの呼吸が露骨に乱れた。

「はぁ、やばっ……指でいじったから敏感になってるかも。おにいちゃん、えっちなアスカでも好きって言ってくれる？」

好きとセクハラとハートマークが飛び交う。

「えへ、ありがと……おにいちゃんもアスカといっしょに気持ちよくなろ？」

鼻にかかった媚び媚びの声で言って、スイッチオン。

ぶうううん、と振動音が鳴る。

ナスカの声がさらに強く鼻にかかった。

「はッ！　あぁあああ……！　やばっ、やっぱ……！」

眉根に皺が寄り、口元が力んでいた。苦しげでもあり、それ以上に気持ちよさげでもある。康男の背中でカカトが跳ねているのが本気でよがっている証《あかし》だ。

息づかいも早くなり、下着の染みも広がっていく。

電マを押しつけている場所は間違いなくクリトリスだろう。そこが感じやすいことは康男も舌で確かめた。

「弱でこれだよっ、やばすぎっ……！　あー、もう強にしちゃうっ。いいよね、今日は家にだれもいないし……あっ！　あぁああーッ！」

振動音が激化し、ナスカのあどけない体がビクつきだした。

小さなカカトが何度も打ちつけられて康男の背中が痛む。それ以上にＰＣの画面に映し出された痴態が気になって仕方ない。

（やっぱりこの子、かわいいなぁ）

最低の男の血を引いて最悪の気質を受け継いだ少女なのに。

仰け反り返って大きな快感に流される姿は美しいとすら思えた。

「ぁあぁーッ！　やっば、やばいやばいやばいイクイクイクッ、んんんッ、イックぅうぅうぅうぅうう――～～ッ！」

馬垣七朱華はネット回線を通じて顔も知らぬ男たちにイキ顔をさらした。

歪みきった口からよだれを垂らし、何度も何度も痙攣する。

『俺もいった』

『いっしょにいけたね』

『えろすぎ』

『ぱこぱこしたい』

ハートマークがさらに集まると、ナスカは薄目でうっとり笑う。

「みんな、ありがとう……アスカはおにいちゃんのことが大好きだよ……」

マスクが唇で盛りあがり、ちゅっとキス音が鳴った。視聴者のロリコンたちは幸せな気分でオナニーを終えたことだろう。

康男だけが息を乱すばかりで、ズボンの中の逸物を持てあましていた。

「ん……？」

ナスカは電マを止めて、猫のように小首をかしげる。

「ブタさんかわいそう……？」

コメント欄に意外な言葉が出ていた。

『ブタさんは抜いてないの？』

『間近でおあずけとか死ぬわ……』

『羨ましいけど気の毒』

中年男への同情的な意見に、ナスカの顔が困惑気味に歪む。

「えー？　みんなブタ奴隷に優しすぎない？」

『軽く抜いてあげたら？』

『アスカちゃんがシコってあげるとこ見たい』

『寝取られ！　寝取られ！』

同じ男として康男には視聴者の気持ちがよくわかる。

もっともっとナスカの痴態を見たいのだ。

ねたましい気持ちもあるが、より上質のオカズを求めずにいられない。

『ハートの準備はできてるぞ！』

その一言でナスカの気持ちに揺らぎが出た。

「うーん……みんなアスカのこと嫌いにならない？」

答えは想像どおり。

ならない、なるはずがない、ずっと大好き、とのことだ。

だれもが淫らなアスカを求めていた。ハートマークまで飛ばして少女の自己承認欲求を満たす。

「でも……アレ映しちゃったらBANされちゃうから……」

ナスカは逡巡《しゅんじゅん》しながらも、康男の背から脚を下ろした。

前のめりになり、ＰＣモニタ上部に取り付けたカメラ角度を上向きに調整。

「ブタさん、ちょっと寝転がって。そう、そこに」

小声で指示されるまま康男は姿勢を変えた。

ナスカが指差したのは先ほどまで彼女が腰を下ろしていたベッドだ。仰向けになると康男の姿は画面に映らなくなる。

「はい、キモいブタには退場してもらいました。やっぱりアスカちゃんはおにいちゃんだけのものだから……」

ナスカはベッドの上、壁と康男のあいだにあぐらをかいた。カメラ角度が変わったのでバストアップしか映らない。

「絶対に浮気なんてしないよ……ちょっと運動はするけど」

切なげな表情をしながら、彼女は康男のズボンに触れた。

ファスナーを下ろし、トランクスをずらして、肉棒を取り出す。斜め上を衝く赤銅色は、危ういところで配信画面の外だ。

「ほんとになにもしないよ……おにーいちゃん」

悪戯な笑みは淫婦のそれだった。

にぎ、と男根を握りしめる。小さな指だった。

「うっ」

こらえきれない愉悦の声が康男の口を突いて出る。

（まさか直接ち×ぽ握ってくれるなんて……！）

配信と投げ銭でテンションがおかしくなっているのかもしれない。ナスカは握るだけで飽き足らず、上下にしこしこと擦りだした。

視聴者からは「アスカちゃん」が肩と腕を揺らしているようにしか見えない。もちろんその意味はだれの目にもあきらかなのだろうが。

『運動は大切だからね』

『もっと音立てて運動しよう！』

『ヨダレを垂らすと効率的に運動できるよ！』

コメントのアシストは的確だった。

「しょうがないなぁ……とくべつだよ？」

ナスカはサービス精神旺盛に口を閉じ、もごもごと頬を動かした。

開口して舌を伸ばせば、泡立った唾液がパンパンの亀頭に垂れ落ちる。

ねちゅり、と絡みつく唾液に康男の腰が震えた。

（子どもの、よだれ……！）

きっとコメント欄の人々もおなじ気持ちだ。幼い少女の体液を粘膜で感じる悦びを画面越しに共有しているに違いない。

ナスカの手は止まらない。唾液の潤滑を借りて、よりスムーズに上下する。ぐっちゅ、ぐっちゅ、と派手に水音を鳴らしながら。

「うっ、くッ、ぁあ……」

海綿体に快美な電流が走る。康男としては声を抑えたいのだが、止められない。ぷにぷにですべすべだった。

女児の皮膚はきめ細かで柔らかな一方、弾性も豊かだ。触られているだけで気持ちいいのに、摩擦感まで与えてくれる。気持ちよくてたまらない。

「なんだかブタがうるさいなぁ。ごめんね、ウザいよね」

『ウザいからもっといじめてやれ』

『アスカちゃんの折檻《せっかん》で鳴かせまくろう』

『もっと激しく運動して！』

ハートマークが飛ぶ。ナスカがにやけ、手つきが激しくなる。

ぼちゅ、ぐちゅ、ぱちゅん、と音が爆《は》ぜる。

(うう、ほんとうに気持ちいい……！)

唾液にカウパー汁が混ざって粘つきを増していく。

「ん、ん、ふぅ、ふぅ……この運動、けっこう大変なんだけど」

ナスカの声に本物の疲弊が混ざっていた。ちいちゃな手に大人のガチ勃起棒は大きすぎるのかもしれない。両手でも余るぐらいである。

『腕以外も使って運動したら？』

『お口の運動も必要でしょ』

『お口賛成』

『ハートマーク一億個投げます』

コメント欄は配信者の扱いを熟知していた。

「えぇー、お口ぃ？　んー、お口かぁ」

ナスカは渋りながらも、ハートマークで態度が軟化する。

彼女にとってみれば小悪魔的な魅力で駄目な大人を騙しているつもりだろう。視聴者など金を貢ぐだけのチョロい鴨だ。

しかし彼らにしてみれば、「アスカちゃん」こそチョロいオナペットである。

「……じゃあ、ちょっとだけだからね。マスクは外さないよ？」

ナスカは床に降り、康男の腹をまたいだ。

そそり立つ逸物を見下ろし、あからさまに目元をしかめる。

「……くっさ」

男子中学生とは比べものにならない男の体臭である。嫌がるのもあたり前だが、彼女はすぐに笑みを取りつくろった。

カメラにピースをしながら、マスクの下部を指で浮かせる。下唇がのぞけた。

少女の小さな顔が股間に近づいてくる。康男は心臓が破裂するかと思った。

(子どもの、フェラ……!)

待望の瞬間は、しかし叶う寸前にせき止められた。マスクからこぼれた桃色の粘膜は、画面の枠をなめるようにして動きだす。

「れろれろ……れろ、れる……」

擬音は声に出している。康男の竿先には一寸たりとて触れていない。かき混ぜられた空気がほのかに亀頭を撫でるばかりだ。

『えっろ』

『えろいけどがっかりした』

『ハート返して』

盛りあがりつつも落胆のコメントが連発する。康男もおなじ気持ちだった。

ナスカはその反応に「あはは」と乾いた笑いを返した。

「うそうそ、冗談だよ。ここから本気ね！　ハートお願いしまーす」

どうやらハートマークを人質に取られると弱いらしい。

ほんのすこし距離が縮んだ。唇が画面の下端に完全にかぶり、亀頭の間近で止まる。舌を伸ばせば届く。康男の拍動が乱れに乱れて顔が充血する。

一瞬、ナスカが上目遣いに睨みつけてきた。

調子に乗るなと釘を刺すかのように。

が、すぐにカメラ目線の笑顔に戻り、れろ……と、舌が伸ばされた。

ちゅく、と吸いつく感触に康男の腰が震える。

「えう……れうぅ、ちゅくっ、ちゅぴッ……ちゅむ、ちゅぷ」

舌が亀頭を這いまわった。おそるおそるといった動きで、摩擦感も微弱なものだ。

中年の男根への嫌悪感が見てとれる。

(でもこれはこれで、お子さまらしいたどたどしさかも)

かえって昂る康男に対し、コメント欄はますます貪欲《どんよく》になっていった。

『音ちっちゃい』

『もっとぢゅぽぢゅぽ鳴らして』

『ハート飛ばしたいからえろい音もっと出してこ？』

おっさんかわれ、などの声もあるが、ナスカにとって重要なのはハートマーク。水音を求める声にどうしても反応してしまう。

「音って、えろい動画みたいな音だよね……出せるかなぁ」

ナスカの戸惑いは演技でなく本物かもしれない。彼氏が中学生ではフェラチオのやり方もうまく指導してもらえないだろう。

それでも彼女は立ち止まることなく舌を繰った。

『舌にもっとツバ乗せて』とのコメントに従い、唾液をたっぷりと使って。

ぐちゅり、ぷちゅり、と湿った音を立てる。

『ラーメンをすするみたいに』と言われれば、唇をかぶせてすすりだす。

ちゅぱ、ぢゅぱ、ぢゅぢゅぢゅ、と音が爆ぜた。

コメント欄は盛況だが、それ以上に康男の股間が盛りあがっている。

（この子、飲みこみがすごくはやい……！）

マスクが邪魔でろくに見えないが、感触と音で判断できた。可憐な口舌は見る間に開花して、縦横無尽に動きだしている。

「んっ、ちゅっ、ぐちゅっ、ちゅるるるうぅッ……！」

唾液をたっぷり絡めて亀頭のあちこちをなめる。鈴口から裏筋へ滑り、感じやすいエラをでろりとこする。康男が息を乱すのを見て取り、弱点を察して集中的に責めだす。徐々にぎこちなさも消えてきた。

ときにしゃぶりつき、吸引する。口が小さいので亀頭だけで精いっぱいだが、かえって敏感な部分を集中的に責めることになっていた。

ぢゅ、と吸いつけば口内粘膜と亀頭粘膜が吸着し、そのまま頭を下げれば、

「ぶぱっ」

竿先が引き抜かれた衝撃が愉悦となって海綿体に荒れ狂う。

ナスカの唇と画面外の亀頭が唾液の糸でつながり、ハートマークが飛んだ。

『今日は残弾ぜんぶハートに変える』

「えー、ほんとに？　アスカにそんなにラブくれるんだ……うれしい」

幼い承認欲求が際限なく満たされていく。心なしかフェラチオに興じる顔からは嫌悪感が薄れていた。観客の歓心を買うべく一所懸命に口と舌を扱う。

まだキャンディやソフトクリームが似合う年ごろなのに。

甘みの欠片もない醜悪な肉棒にしゃぶりつき、額に汗している。

「ぐッ、うぅ……！」

れろれろ、ぢゅぷぢゅぷとなめ吸われ、康男の竿肉が痺れあがった。オナホールと違って温かいのもいい。人と触れあっている感がある。

尿道の奥で熱い塊が脈打って、いまにも爆ぜそうだ。

『もう出そう』

そんなコメントが散見された。

「アスカのお口で出したい？　ねえ、おにいちゃん……出したいの？」

口から出した舌に亀頭を乗せたままの言葉だった。呂律《ろれつ》がまわりきらず、発音が不明瞭だったかもしれない。それがかえって卑猥な響きで、ハートマークの嵐を呼び起こす。

「あは、アスカに出したいおにいちゃんいっぱいだぁ。しょーがないなぁ……いいよ、出しても。おにいちゃんのあっついラブ、たくさんお口にぴゅっぴゅして？」

笑顔で言うと、ナスカは逸物を手で握った。角度を固定し、ちゅっちゅと吸い、ぺちょぺちょとなめ、思いきりしゃぶりつき、吸った。

ぢゅるぢゅる、ぢゅぢゅぢゅぢゅぢゅぢゅ、と吸いまくる。

「おっ、ぉお……！」

康男はたやすく限界を迎えた。おそらくは視聴者と同じく。

根元で煮こごっていた熱塊が、噴き出した。

自然と背が反って全身が粟立つ。

「んぐッ！　んむッ、んんぅうう……ふ、ふぅ、んぅ……！」

ナスカは目を剝き、すぐにまぶたを閉じた。ちょうど亀頭にかぶりついていたので、口内で精液を受け止めるかたちだった。粘っこい中年の汚汁を味覚で感じ、苦しげに目元を歪めている。

可哀想ではあるが、噴出が途中で止まるはずもない。

止まるまではナスカも吐き出すことはできない。亀頭が自由になれば、精液が顔や体を汚すかもしれないのだ。それほどの威力が康男の射精にはあった。

『マジで口に出したの？』

『ブタおじ羨ましすぎる……』

『ていうか、長くね？』

『精力つえぇ』

呆れるほど長々と時間をかけて、ようやく噴出は止まった。

至福の時間だった。

「ん、んんぅう……ちゅぽんッ」

ナスカは頭をあげて男根を解放した。とびきり濁った汁糸が数本の架け橋となって伸びゆく。それが途切れると、タイミングよく手で受け止めた。

「えう、うぅう……んぱぁ」

ナスカはわざわざマスクを鼻まであげて、口を開いた。なみなみと注がれた白濁スープに赤い舌が浮いている。

量に驚くコメントが多発した。

中年の精力に敗北を認める者もいた。

なにより多いのは『飲んで』の声だ。

「あうぅ……ん、ん、んんぅ……」

ふたたび閉ざされた唇に康男は見入った。そこには自分のペニスから放たれたものが詰まっているのだ。

本当に飲むのだろうか？

男の欲望を濃縮した汚汁を。

「んぐっ、んっぐ……ごくッ」

口がもごもごと動き、喉が鳴った。

ごく、ごく、ごく、と何度も喉を鳴らす。粘り気《け》が強いためか、一息に飲みこむことは難しい。鼻呼吸の音が激しいのも淫猥だ。

ごきゅ、とひときわ大きな喉音が響く。

「えへへ……ぜんぶ飲めました」

笑顔で空っぽの口を開き、両手でピースまでする。幼年配信者のサービス精神にハートマークの群れが飛んだ。

(おお……こんなことが世の中にあるのか)

康男は言葉もなく感動に打ち震える。

あのナスカが自分の精液を飲んでくれた。大人を見下し、踏みにじり、過去のトラウマまでえぐり返した悪ガキが。

『やばいやばいやばい』

穢《けが》し、貶《おとし》めた——陰惨な悦びに男根は萎《な》えるどころか膨れあがった。

『見えた』

『デカくね?』

コメント欄が騒々しい。

配信画面の下部から赤い切っ先が、脈動のたびにフレームインしていた。

「あ、ちょ、ヤバっ」

ナスカは慌ててカメラの角度をあげた。

笑みを引きつらせ、画面外で康男の脇腹を殴ってくる。音が鳴らない程度の低威力だが、痛みやすい肋骨を狙ってくるのが小賢しい。

「いまの、だいじょうぶだよね……？　一瞬だし、ＢＡＮされないよね？」

しばらく様子見をしても、配信が強制停止される気配はない。運営側としても何百という生配信の監視は難しいのだろう。

「ふう、よかった……ミルクの味忘れちゃったよ、あはは」

ナスカはなだらかな胸を撫でおろした。安堵にゆるんだ顔は年相応に無邪気だが、すぐに表情がこわばる。

『はめてみて』

主語も目的語もないが、言葉の意味はあきらかだ。

『はめるのはまずいから腰の運動しよう』

『ブタおじの上でちっちゃいお尻ふりふりしよう』

『滑り落ちないよう棒状のモノでお股を固定しないとダメだね』

図々しいセクハラにナスカは閉口していた。彼女にしてみれば好きでもない男に口を使っただけでも最大級のサービスだろう。

本番行為はやりすぎだ。許されない。犯罪行為である。

（でも……）

康男は願わずにいられなかった。

ナスカの配信に慣れた視聴者たちのたくみな誘導を。

『いいじゃん、一回ぐらい』

『アスカちゃんぶっちゃけ初めてじゃないでしょ』

『いまどきそれぐらいの年齢で未経験とかありえないでしょ』

露骨な挑発にナスカはたやすく反応した。

「そりゃアスカちゃんモテモテだし、女として経験豊かだけど……」

馬垣七朱華は学校で最先端の女の子を気取っている。読者モデルであり、年上の彼氏もいる「イケてる女」だ。そのプライドをくすぐられると弱い。

ダメ押しは例のごとくである。

『過去最大級のハートマーク祭きちゃうね』

ほしい服は山ほどあるだろう。

おいしいスイーツをたくさん食べたいだろう。

彼氏とのデートでもお金は使うに違いない。

かくしてエロ配信者アスカちゃんは覚悟を決めた。

「おにいちゃんがいーっぱいラブくれるなら……え、わ、すごいきてるっ」

豪雨のごとく降り注ぐハートマーク。まさに祭だ。それだけ金に余裕があるのか、よほど女児の性行為を見たいのか。

どちらにしろ、ナスカに決意をもたらすには充分な額だったらしい。

「うぅ……仕方ないかなぁ、約束だから……」

存外に律儀な性格をしている。

彼女は膝立ちで器用に桃色のパンツを脱いだ。きっちりと手で広げて内側を見せつける。隅々まで染みが広がっていた。

「えへへ、おにいちゃんを想っていじってるとき濡れちゃった」

フローリングに投げ捨てると、べちゃりと湿った音がする。重たい音だった。オナニー時の水分だけとは思えない。フェラをしている最中も濡れていたのではないだろうか。中年の剛直を精いっぱい頬張って欲情したのではないか。

「ふう、ふ、ふ、うぅ……！」

康男は期待感に鼓動を乱し、ブタのような息遣いをする。

一瞬、ナスカの目が恐ろしく冷ややかになった。

「よいしょっと」

腰の位置を調整するついでに、前のめりに倒れてくる。抱きつくようにして耳元に口を寄せてきた。

「……勘違いしないでよ、ブタ。あんたなんかバイブと同じなんだから」

マイクに拾われないほどの小声で言って、上体を起こす。

即座に愛嬌たっぷりの笑顔を取り戻して。

男根の真上には濡れた一本スジがあり、ゆっくりと降りてくる。

「それじゃ、これから腰の運動しまーす」

ぐちゅ、と亀頭が秘裂を押しつぶした。割れ目が崩れ、内側の熱い粘膜に触れる。

その感触にびくりと震えるナスカの体は、下から見あげても華奢だった。

細く、薄く、小さい。か弱くも愛らしい、少女の造形。

もちろん秘処も小さい。膣口どころか淫裂自体が亀頭ひとつで覆い隠されるサイズ差だ。とても入るとは思えない。

しかしナスカは手で肉竿を支え、律儀《りちぎ》に腰を落としていく。

「う、うぅ……ぁあっでっか……！」

男根の圧迫でひしゃげた秘裂から、どぷりどぷりと肉汁がこぼれる。伝い降りてくる幼液がくすぐったくて康男は身震いした。

(や、やっぱり入らないんじゃないのか、これ……?)

もちろん入ってほしい。お子さまとセックスしたい。康男がずっと夢見ていた快楽が目の前にある。だが現実的な問題も依然として存在している。

ナスカは同年代とくらべても小柄だという。

対する康男の逸物は成人男性としても大きめだ。

「んぅ、うぐぅぅうッ……!」

ナスカは気合いを入れて体重をかけてきた。

ぽちゅんッ!

突如、亀頭が灼熱感に包まれた。

「ひんッ……!　やばッ、うっそ、これ、うわ、わぁあ……!」

ナスカは未知の衝撃と動揺に身を震わせる。

その震えが粘膜を伝って直接康男に響く。

(は、入ったぁ……!)

童貞卒業の瞬間だった。

愉悦と歓喜に腰が跳ねそうだが堪《こら》える。下手《へた》に動いてナスカの機嫌を損ねれば、その時点で行為が終わってしまう。

もっと味わいたい――セックスの快楽を。未熟なメスの穴を。

『やったぁー！』

『ついに入っちゃったか』

『ブタおじかわれ！』

『もっと腰振ってよ！』

コメントが盛りあがり、ハートマークが飛ぶ。

「い、いえーい、腰の運動がんばるよ～っ……んっ、あっ、あぁ……！」

ナスカはピースをして腰を振りだした。

くい、くい、と前後にゆっくり、異物感をなじませるように。

入ったのは亀頭だけだが、繊細な造形の童壺には裂けんばかりの大きさだろう。締めつけのキツさからして、彼氏よりは間違いなく大きいはずだ。

「あっ、あぁ、くッ、んッ……ギチギチなんだけど、んんッ」

ほんのすこしずつだが、腰遣いが速くなっていく。とろり、とろりと蜜があふれるにつれて、肉壁が柔らかくなっていく。

（俺のための形になってく……！）

やはり子どもであっても女は女。男を受け入れられる体をしているのだ。出産時に赤ん坊が通過すると思えば大人のペニスが入るのも当然か。

「はぁ、はぁ、あぁ……！　ど、どうかな、アスカちゃんの腰振り運動？　セクシーでしょ？　えろいでしょ？　ラブいっぱい出ちゃうでしょ？」

笑みが引きつっているが、苦痛のためとは思えない。赤らんだ頰に潤んだ目は艶っぽさを感じさせる。オナニーやクンニのときとはすこし違う。より差し迫った大きな愉悦に耐えているように見えた。

「アスカはね、あんッ、友だちの中で一番かわいくて、一番セクシーで、んあっ、はぁ……！　いっちばん大人なんだから、んっ、えろい腰振りとかめっちゃ得意なんだよ、ほら、ほらっ、あはっ、はあぁッ……！」

ナスカは幼腰を大きくよじった。円運動で膣を割り広げ、ぶじゅりぶじゅりと愛液を垂れ流す。白濁した液はいわゆる本気汁というものだ。

（すごく感じてるじゃないか、この子……！）

子どものくせに。

さんざん偉そうにしてきたくせに。

大人のペニスをすこし入れただけで胴震いが止まらないではないか。言葉どおり見た目よりずっとセクシーな反応である。なまじ彼氏と経験を積んだせいで快感神経が敏感で、入り口の柔軟性もある。

(彼氏とのセックスが俺のための踏み台になったんだ……!)

優越感に康男は昂り、股ぐらに血が集まった。

「ひっ、やっ、なんか大きくなってる……!」

ナスカの漏らした言葉にコメント欄が沸き立った。

『イクのかブタおじ!』

『はやすぎ』

『アスカちゃんに腰運動されたら五秒もたんわ』

『がんばれ！　がんばれ!』

『中出し！　中出し！　絶対中出し!』

もはやコメントは止まらない。ハートマークも加わると、ナスカは流されることしかできない。投げ銭の金額以上に、自己承認欲求のために媚びる。

「あっ、んッ、んぅう……ッ！　みんなもいっしょだよっ」

腰の捻転が加速した。

ぼっちゅ、ぼっちゅ、と派手な水音にまた場が盛りあがる。

（や、やばい、俺もうガマンできないかも……！）

亀頭限定の集中摩擦で快楽が積み重なる。息もできないほど竿先に電流が密集している。陰嚢がふつふつと煮立っていた。

出したい。

気持ちよく射精したい。

生意気なメスガキに剝き出しの性欲を叩きつけたい。

――でも。

ただイクだけでは物足りないから、康男はほんのわずかだけ動いた。

肉づいた重たい尻をわずかに浮かせたのだ。

ハメこみがほんのり深くなり、先端が浅い膣奥を突いた――刹那。

「んあああぁあぁ――ッ！」

ナスカのふたつにくくった髪が跳ねる。

腰遣いが止まり、全身が震えあがった。震えの中心は小穴の最奥。突きあげられて押しつぶされた子宮口。

不意打ちの絶頂が少女を金縛りにしている。

「おっ、おおッ、締まるぅッ……！」

思わず康男は低くうなった。幼壺の痙攣を受けて腹までわななく。男根も震えて、子宮口をコリコリとこねまわす。

「あひっ、待っ、おへっ……！　イっ、イック、ヤバいのきちゃうッ……！」

こぼれる涙は快楽のためか。

――勝った！

甘い達成感に満たされて、康男は至福のエキスを放出した。

「ぁああッ、やあッ、熱っ、ぃえッ、ひぁあああ――～ッ！」

ナスカはとろけた嬌声をあげ、薄い体を仰け反らせた。さきほどよりも深く強い絶頂に全身が脈打つ。跳ね動き、汗が噴き出し、愛液が洪水となる。全身で悦楽を表現して男の目を愉しませる。射精はさらに勢いを増した。

びゅるるっ、びゅるぅうーッ、と灼熱の粘液がほとばしる。

はじめてのセックスで、はじめての中出しだ。

『アスカちゃんイッた！』

『ブタおじちゃんと中出しした？』

『ブタの赤ちゃん妊娠確定おめでとうございます』

『俺もいっしょにいった』

視聴者も大満足でハートを飛ばす。

みんなが幼い少女を劣情の視線で取りかこみ、欲求をぶつけていた。

まるで輪姦じみた状況だが、なおもナスカは配信者としてサービスする。

「はぁ、あへ、はぇぇぇぇ……腰振り運動、超ヤバかった、でーすっ……気持ちよかったよ、おにいちゃん、ちゅっ」

不特定多数に媚びながらも、下半身は康男だけを気持ちよくしている。

康男だけの射精を受け止める肉穴だった。

たまらない気分に康男は叫びたくなった。

(馬垣……！　おまえのクソ生意気な娘、ヤッてやったからな！)

罪悪感や後悔を塗りつぶすほどに気分がよかった。

ナスカも思うところはあるだろうが目はまだとろりとしている。膣内は大量の精液でどろどろになっている。子ども膣には収まりきらず逆流する際、ぶぽぶぽと下品な噴出音が鳴り、コメントがまた盛りあがった。

卑猥で異様で熱狂的な空気が醸成されていた。

だから、康男もナスカもドアが開く音に気づかなかったのである。

「おねえちゃん？」

突然の呼びかけにナスカも康男も慌てて振り向いた。

ドアをわずかに開いて、ナスカよりも小さな少女が部屋を覗きこんでいた。

妹のスナオだ。

「ご、ごめん、みんな！　今日の配信はここまで！　大好きだよ、ちゅっ」

ナスカは配信を中断し、慌てて腰を上げた。派手な水音が鳴り、すさまじい勢いで白濁があふれ出す。康男の股がひどく汚れた。

「スナオ、なにしてるの？　ママたちとお出かけしたんじゃないの？」

即座に笑顔を取りつくろう。変わり身のはやさに康男は驚嘆した。

「パパとママ、ケンカして……スナオだけ帰ってきた」

「そう……そっか。お帰り、スナオ」

「じぇるQ、いっしょに見よ、おねえちゃん」

「うん、見よ見よ。さきにリビング行ってて。私もすぐ行くから」

寂しそうだったスナオは満面の笑みでうなずいた。

はて、と小首をかしげる。

無垢《むく》な眼差しが康男を捉えた。

「なんでブタのおじさんがいるの？」

「それはね……教えてあげるけど、ふたりの秘密だよ」

「ヒミツ……えへへ、おねえちゃんとヒミツ！　じゃあ、待ってるね！」

上機嫌に立ち去るスナオ。階段を降りていく音が聞こえた。

なんとか誤魔化せたらしい。康男は溜めこんでいた緊張を吐き出した。

突然、ナスカに尻を蹴られて目を白黒させる。

「帰れ、ブタ」


馬垣家を出ると空は暗くなっていた。

股間が軽くなって、心には充実感がある。

「ついにやってしまった……性犯罪えっち」

悪いことだとわかっていても胸が弾む。達成感に打ち震えてしまう。

(あの馬垣の娘とセックスしてやったんだ……！)

いじめっ子の大切なものを穢した。

最低の行為だが、だからどうした、という気持ちもある。

かつて馬垣が自分に行ってきたことはどうだ。いじめという生ぬるい言葉で表現されているが、暴行や恐喝、器物破損などの犯罪行為を長年にわたって受けてきた。現在はパワハラまでされている。

娘は父の気質を受け継いだ横暴さの権化《ごんげ》である。

家に連れこまれた当初の恐怖を思い起こせば、怒りが沸々と湧いてくる。

「思い知らせてやらないと」

童貞を卒業してタガが外れたのかもしれない。

とはいえ、世の中そう甘くはない。現状で康男は劣勢である。今回の行為が明るみに出れば世間も官憲も言い訳など聞いてはくれない。ロリコンの外道《げどう》として社会的制裁と法的刑罰を受け、すべてを失うことだろう。

「なんとかしないと……」

思い悩んでぶらりぶらりと歩くうちに、薄暗い通りに出た。住宅街の外れにある児童公園のそばだ。昼間とは打って変わって静寂に包まれている。

いや。かすかに話し声が聞こえる。

成人男性らしき人影がいくつかあった。

「あれは……」

康男はすこし考えて、スマートフォンを取り出した。

第三章　おさない潮吹きアクメ

株式会社彩クロップスからの電子メールに康男は嘆息した。

用件はアプリゲーム用イラスト差分の追加要求。

ゲームで表示されるキャラクターの表情を増やしたい、とのこと。

「輪郭と髪型も一から描かないと駄目だな……」

ため息ながらにやる気も充分。

ギャラはそこそこだが、絵で稼ぐことにはロマンを感じる。

会社に勤めていたころから副業で世話になっていたのが彩クロップスだ。現在は大手玩具メーカーの下請けとしてアプリゲームの運営と開発をしている。

さまざまな縁が重なって流れ着いた仕事である。多少無理をしても続けたかった。

集中すると時間を忘れて描き耽ってしまう。

「うわ、キモ……上手《うま》くてキモい」

「……ナスカちゃん？　いつの間に……？」

「さっきからいたんですけど」

ランドセルの女の子が勝手に部屋にあがりこんでいる。すこし前なら狼狽《ろうばい》必至だが、今日の康男は落ち着きはらって対応した。

「すこし待って。いまは忙しいから」

「昼間から大人がじぇるQのお絵描きとか、キモすぎ」

「お仕事だから」

康男は手を止めずに素っ気なく言う。卑猥な絵ではないし隠す必要はない。なによりいまは筆が乗っている。一気に描きあげたい。

「……じぇるQのお絵描きがお仕事？」

「そうだよ。アプリゲーの」

件《くだん》のアプリゲームは女児向けアイドルアニメを原作にしたものだ。

本来、じぇるQはゲームセンターやスーパーに設置する筐体《きょうたい》ゲームと、アニメからの玩具展開が企画の両輪である。アプリゲームは二軍の扱いと言っていい。

そこで彩クロップスの仕事が評価された。子ども以上に、大人のファンから。

原作を掘り下げるキャラ描写、切れ味鋭いシナリオ、高水準のイラスト。それらのクオリティ維持には康男も貢献している。中年男の数すくない自慢だった。

「……キモすぎ」

ナスカは小さく呟いた。

「オタクのお仕事って感じ？」

重ねて言うたび、声が大きくなっていく。

「キモい……っていうか、こんなお絵描きでお金もらって遊び半分じゃん。べつにさぁ、そういうひとがいてもいいけどさぁ、ナスカはすぐそばに社長やってるパパがいるからさぁ。お弁当屋でたくさん儲けて、かっこいい車に乗って、おいしいレストランでゴハン食べさせてくれて。キモブタのおじさんとは違うよね〜」

康男はイラストのデータを保存し、小さく深呼吸をした。

外見を馬鹿にされるのはかまわない。キモいのも事実だ。

(小さな女の子にえっちなことした鬼畜だからな)

どんなそしりも甘んじて受ける覚悟はあった。

だが、画業そのものに対する愚弄《ぐろう》は論外だ。

にっくき馬垣との対比も腹立たしい。

「あのさ、ナスカちゃん」

「なによブタ、なに顔赤くして怒ってんのよ」

「これなにかわかる？」

スマートフォンを突きつける。

馬垣家からの帰りに撮影した動画を再生しておいた。

夜の公園に三つの人影がある。上等なスーツの小男と、柄の悪い格好の若者だ。

「パパと……だれ？」

「半グレってやつかな。街のチンピラだよ」

「なんでパパがそんなひとたちとお話してるの？」

ナスカの語気が弱まっていく。父の秘密に触れて動揺しているのだろう。

「ほら、移動するよ。公園脇に停めてる車のほうに」

馬垣は自分の車のトランクを開いた。中に詰めこまれている平たい箱を半グレたちと協力して隣のバンに移していく。

「あれは……お弁当？」

「廃棄用のだね。期限切れの食材をわざわざ弁当の容器につめてるのもちょっとおかしいけど、なんで捨てないで半グレに渡してるんだと思う？」

「わかんない……そういう業者さん？　ってやつなんじゃないの？」

「業者なら店舗の裏から回収するんじゃないかな」

ナスカは利発な少女である。状況の意味はわからずとも、異常であることには気づいている。足りないのはあくまで知識と人生経験だ。

「半グレに安価で売りつけて小金を稼いでるんじゃないかな」

本来は廃棄も管理されているし、帳簿に数字が出る。誤魔化そうにも限度はあるだろう。半グレへの気安い態度からすると初犯にも見えない。

「はっきり言うけど、これって犯罪だよ」

康男が言うと、ナスカは言葉を失う。

「バレたら警察沙汰だし、まあ社長ではいられないよね」

「パパが警察に捕まっちゃうの……？」

「捕まるかもね。お母さんが仕事してなけりゃ収入もなくなるし、ナスカちゃんいまの生活できなくなるかもしれないよ？」

大人げない脅しだが、容赦する気はない。

さんざん小馬鹿にされ、嫌な思いをさせられてきた。美味しい想いもしたが、馬垣にいじめられてきたトラウマはさらに重い。覆《くつがえ》せるなら覆したい。

だから、目を泳がせて言葉の出ない少女に、冷たく言う。

「この動画、警察に持ちこんでいい？」

「こんなの、証拠になんないし……暗くてよくわかんないじゃん」

ナスカは強がりを言うが、語気は弱々しくて表情も冴えない。ふだんの彼女からは考えられない態度に心地いい鳥肌が立つ。

「子どもにはわかんないかな。なんなら帳簿をがっつり調べたら証拠なんていくらでも出てくると思うよ」

「それは、わかんないけど……でも、パパはそんな……」

しどろもどろになっていく少女を気の毒にも思う。どう言いつくろっても、父親の罪を子に問うのは間違っている。

（ちょっとやりすぎか……？）

気が逸《はや》りすぎたかもしれない――と後悔したのも束の間。

ナスカがにわかに強気な笑みを取り戻した。

「ていうかさ、おじさんはナスカを脅してるんだよね？」

直球で言いながら、スカートの裾をつまむ。

「かわいいナスカちゃんを脅して、えっちなことしたいんだよね？」

スカートをみずからまくりあげ、黒い下着を見せつけてくる。

「いいよ、おじさん……内緒にしてくれるなら、えっちさせてあげるから」

思った以上にナスカはしたたかだった。

上目遣いにほくそ笑む顔には勝ち誇る気配がある。

——こんなキモいおっさん、簡単に手玉に取ってやる。

そんな意図が透けてみた。

「なら……俺のお願いをひとつ聞いてほしいんだけど」

「なに？　パンツほしいの？　アソコなめたい？　手でシコシコとか、フェラとか、それとも……セックス？　子ども孕してパコパコしたい？」

思ったよりも覚悟はできているらしい。

彼女の思うままに事が進むのも面白くないので、康男はすこし考えた。

「それじゃあ、こういうのはどうかな」

声が上擦らないようにして、余裕を装って、要望を口にした。

親子二代に渡る迫害へ鬱憤《うっぷん》は根深い。

恨みをこめる場所は、指。

人差し指を小造りな膣穴に入れ、鉤形《かぎ》に曲げてこすりまわす。壁ごしに小さな膀胱とクリトリスを押し出すように意識して。

「ひッ、ひんッ、なにこれなにこれッ、ぁあああッ……！」

ナスカは窓に額を擦りつけて鳴きわめく。立ったまま前のめりに、窓にもたれかかって小尻を突き出す姿勢だ。黒いパンツを引っかけた脚が快感にガクガクと震えて止まらない。それでも膝をつかないのは康男に命じられたからだ。

「Gスポットってヤツだな。アソコの感じやすい場所はおもに三つあって、そのうちひとつがここだよ。めちゃくちゃ感じてるね？」

「こ、これぐらい余裕だし……！　オミくんとのえっちのほうがぜんぜん気持ちいーし、ドキドキするし、おじさんの手なんてぜんぜんッ……！」

「そうかそうか、じゃあこうしよう」

康男は親指で陰核をやんわり押さえた。人差し指を小刻みに動かしているため、自然と親指も震え、感じやすい豆粒を擦りはじめる。

「んんッ、ぉひッ……！　ま、待って、これ待って……！」

「オミくんとのえっちよりぜんぜん感じないんでしょ？」

「も、もちろんっ、余ゆっんんんッ」

か細い四肢が面白いように痙攣している。必死に絶頂を堪《こら》えているが、あふれ出す愛液の量はすさまじい。康男の手は一分の隙もなく湿りきっている。

かわいらしい反応だと思う。

自分が攻める立場になった途端、ナスカが以前よりも愛らしく見えた。

「カーテン開けたらオミくんに見られるかもね」

意地悪く言ってみれば、少女らしい薄い背中がビクリと跳ねた。

「ぜ、絶対に開けないって約束でしょ……！」

「ナスカちゃんがイカなければ、だよね。ほら、もうおま×こビクビクしてるけど耐えられるのかな？」

「余裕だってばっ、んあッ……！　あぁああヤバいヤバいヤバいッ……！」

快楽と羞恥に耳と首まで赤くなっている。

汗をかくたびに子ども特有の甘い体臭が薫《かお》り高く漂ってきた。

いま、自分は幼い少女の秘処をいじりまわしている。指一本で限界なほど狭いくせに、動かせば柔軟に伸縮する。子どもの体は柔らかいとはよく言ったものだ。

相手はいまにもイキそうなのをガマンしている。女性経験もろくにない中年の指で感じてくれるなんて、いとおしいとすら思った。

（最高だ……！　やっぱり小さい女の子が一番かわいくてエロいんだ……！）

康男は勢いに乗って次の一手に出た。

ぴしゃんっ、と平手で小尻を叩いたのである。

「ひゃひッ！　な、なにすんの……！」

「軽く叩いただけだし、痛くはないだろ？」

ぷりぷりですべすべの幼尻はよく音が鳴る。体が小さいからか衝撃が膣まで響き、小粒の襞々がいっせいにざわついた。ほぼ絶頂に近い状態だ。

ここぞとばかりに康男は指遣いを激しくした。

Gスポットと陰核を指の腹で挟むようにして、徹底して擦り潰す。尻を叩いて刺激を与えることも忘れない。打擲の衝撃は肉を伝って性感神経に揺さぶりをかける。堪えきれるものではないはずだ。

「ぐッ、んんんッ！　へ、ヘタクソだなぁっ、キモブタおじさんッ……！　ふあッ、ふ、ふふ、こんなのぜんぜん気持ちよくないんですけど……！」

わざわざ振り向いて強がりの笑みを向けてくる。快楽を押し殺そうと歪みきった笑みは、みっともなくも愛らしく、艶めかしい。

――もっといじめてあげよう。

康男は幼膣に中指を押しこんだ。

「おへッ」

「すっごい惨めったらしい声だね、ナスカちゃん」

熱々で狭苦しい穴を掘り進み、人差し指に添えて責める。押し擦る。ぐぢゅぐぢゅと淫らな音を鳴らして幼性の喜悦を深めていく。

「ぉおッ、あおッ、はぁああッ……！　やめっ、だめっ、やああッ……！」

ナスカはたまらずカーテンを握りしめ、いやいやとかぶりを振った。

ころあいだろう。

「そらっ、いけ！」

康男はGスポットと陰核を力強く押しつぶした。

乱暴にされても快感を覚えるほどナスカの性感神経は仕あがっている。

「ひぃいいいッ、ぃあああぁあああああ――〜〜ッ！」

小尻が空中に文字を描くように大きく跳ね動く。

康男はおのれの手に猛然と噴きかかる飛沫を感じた。

ぱたた、ぱたた、と水滴が畳を打つ。

「やだやだッ、えっ、うそッ、おしっこ出てるッ……！」

「おっ、潮か！　これは潮って言ってな、気持ちよくなったら出る、まあおしっこみたいなもんだな。その年でおもらしとか恥ずかしくないの？」

「やあぁあ……！　言わないでっ、んっ、あぁああッ！」

「そらっ、強くしたらもっと出るぞ！　そらそら、もっと漏らせ！」

羞恥の涙を目に溜めるナスカがいとおしくて、手が止まらなくなった。もっといじめたくてGスポットを押しあげ、膀胱を刺激する。飛沫が噴くたびに身を縮める少女を見ると、胸が空く思いだった。

せっかくなので、スマホで写真も撮った。シャッター音もあえて鳴らして、痴態を記録されている意識を植えつける。

「う、うぅ、あうぅ……！　と、撮るのは反則ぅ……！」

「イッた時点でナスカちゃんには逆らう権利なんてないよ」

「違うじゃんッ……！　約束は、イカなかったらカーテン開けないって……」

悔しげにカーテンを握りしめるナスカ。

その瞬間、バキンッと硬いものが弾ける音がする。

「あっ！」

カーテンレールのフックがいくつかまとめて壊れた。カーテンが一気に垂れ下がり、ナスカの体が滑り落ちる。膝を折って床にひざまずいた少女の股を、康男はますます盛んに責めだした。

「あっ、ちょっ、出るからッ！　それまた出るからぁッ……ひやあぁあッ」

ナスカは間欠泉のように潮を噴いた。

そのたびにオルガスムスに達して、徐々に呂律《ろれつ》もまわらなくなる。息吐く暇もなく、酸素を求めて大口を開け、舌を押し出す。

「はへっ、へっ、へぇッ、苦しっ、はひっ、待っへ、らめッ、へあぁあッ……！」

床に額を擦りつける姿は、まるで土下座だった。

土下座で股をいじられ、絶頂に痙攣し、潮を噴きつづける——そんな生意気女児を拝める幸運に康男は感動した。

「カーテンいきなり外れちゃったし、オミくんが窓から外を見てたら気になっちゃうかもね。窓を開けて、ナスカちゃんの声聞いちゃうかも」

「んっ、ふぅ、ふうぅッ……！　バ、バレないしぃ……！　こんなヘンな声、オミくんに聞かせたこと、ないぃいッ……！」

「へえ、オミくんはこういう声を聞かせてもらってないんだ？」

中坊との行為はさほど気持ちよくないのだろう。ひどくもったいない。高音の喘ぎが歪むと、脳が溶けるほど甘ったるい響きになるというのに。

康男とて女性経験は皆無に等しい。

あるのは何十年と蓄積してきた性知識のみ。

Gスポットをうまく刺激すれば女は潮を噴く――ただし女性側の素質も必要。してみると、ナスカは類《たぐ》い稀《まれ》な潮吹きの才能を持っているのかもしれない。現にいまも放出をくり返している。

「こりゃあ、畳は交換しないとダメだなぁ。高学年のお姉さんにもなっておもらしなんて。スナオちゃんに笑われちゃうよ？」

「あくぅぅッ……！　あぉおッ、あぇえッ……！」

悔しげに歯がみをするとますます声が歪む。子どもが出してはいけない声だった。

大人を侮《あなど》る生意気な子どもにふさわしい醜態だった。

やがて飛沫が飛ばないようになって、ようやく康男は手を止めた。

「無職のみっともないおじさんに子どもおま×こ虐めてもらってイキまくっちゃったね。潮吹きアクメがそんなに気持ちよかったのかな？」

大人げなく勝ち誇って見下した。

突っ伏していたナスカは息も絶えだえに、ゆっくりと首をもたげる。

振り向いて自分の肩ごしに見つめてくる目は、潤みながらも挑発的。口角はほんのわずかだが持ちあがっていた。

「ぜ、ぜんぜん、こんなの、余裕なんれすけど……」

強がってはいるが呂律がまわっていない。

「そっちこそ、ナスカのせくしーなとこ見て、勃起ひてるくせに……大人のくせひて、子どもに勃起する変態ブタおじさんのくへに……」

なおも挑発してくるナスカに康男は感心すら覚えた。

いら立ちもあるが、それ以上に都合がいい。

口実ができたからだ。

「まだわかってないみたいだな」

空腰を振ってペニスをブルンッとしならせた。全裸である。ナスカを間欠泉にしながらすこしずつ服を脱いでいったのだ。

ランドセル適齢期の淫らな姿に反応して海綿体は膨張しきっていた。

「な……なに脱いでんのよ……キモすぎなんですけど……」

ナスカは半笑いで嘲《あざけ》りながらも、肩をすくませ怯えた様子を見せた。

あるいは——秘処から流れ出す濃い愛液が示すとおりの心情か。

（どっちにしろ好都合だ）

怯《おび》えているなら、思い知らせてやればいい。

期待しているなら、徹底的によがらせてやればいい。

大人に勝てないことをわからせてやるのだ。

「犯すぞ」

直接的に言い、膝で濡れた畳を進んでいく。

醜く脈打つ肉棒の前で、さすがのナスカも顔を引きつらせた。

「お、犯すとか、ガチで犯罪なんですけど……！」

「おまえの親父がやってるのも犯罪だけどな」

たった一言で言葉を失う。しょせんは子どもの浅知恵だ。

「無職でなにも持ってない中年男と、妻と子どものいる会社経営者、失うものがデカいのはどっちかわかるよね？」

実際のところ、失うものがすくない康男でも逮捕は困る。ロリコンは刑務所でのヒエラルキーが最下層になるという。塀の中でイジメ殺されるかもしれない。

しかし、ナスカにしてみれば知ったことではないだろう。康男を地獄に叩き落としたところで溜飲が下がるだけだ。保護者が犯罪者になったときの心理的ダメージと現実的リスクがはるかに大きい。

「ふん……さっきも言ったけど、好きなようにヤればいいじゃん」

どれだけ強がっても、彼女にはその選択肢しかない。小馬鹿にしたような笑みを取りつくろうのが精一杯の抵抗である。

「犯すとか強そうなこと言って、ほんとはかわいいナスカちゃんとセックスしたくてたまんないだけのロリコンのくせに」

尻を押しあげて受け入れ体勢を取る。自分には余裕があるとアピールするためだろう。こんな状況でもなお、彼女は大人に勝てると思っているらしい。

康男は弾力のある幼尻を思いきりつかんだ。

「あっ……」

力強く引き寄せれば少女の体がわななく。何度も潮を噴いて軽くなった腰は期待と不安にビクビクと跳ねていた。さんざんほぐしたはずの縦溝は一本スジに戻りながらも、どろりと本気汁を漏らす。

楽勝だと思った。

ナスカの体はすでに康男の手のひらのうえである。

「一分以内にイカせるぞ」

豪語してスマホを操作し、タイマーをセットした。

「一分以内にイカなかったら、今日は解放してやる」

「は、はは、余裕ですけど？　おじさんのち×ぽなんて、ぜんぜん、気持ちよくないし……大きいだけで形もキモいし、すっごい脈打っててキモいし、先っちょからおつゆ垂れてるのマジ無理ってなるし……」

「このあいだ配信でイッてくれたよね？」

「あんなの、視聴者に見せるための演技に決まってるじゃん」

「あっそ。ハメるぞ、ガキ」

ぴしゃりと尻叩き一発。

ひゃん、と鳴き声にあわせてのけぞる少女が目の保養になる。

成長期ならではの特徴——骨の発達に肉がついていかない繊細な体つき。たやすく手折《たお》れそうな華奢さ。そういった大人の庇護欲を誘う外見に、康男はどうしようもなく欲情してしまう。汗が玉になる肌の若さもいとおしい。

（犯したい……！）

恥も外聞《がいぶん》もなく、歪んだ本能のまま腰を押し出した。柔らかなスジ割れをかき分け、毛穴のように小さな膣口を貫く。よく濡れてよく広がる、大人の男を悦ばせるための小さな玩具だった。しかも耳に心地良い音まで鳴る。

「あっ、うぐッ……おふッ！　いやッ、やばッ、それヤバいっ……！」

「なにがヤバいの？　キモいち×ぽで気持ちよくなっちゃった？」

「キ、キモいだけだし……！　こんなのぜんぜん、キツいだけでっ、んんんッ、ぜんぜん気持ちよくっ、ないぃぃいッ……！」

畳に爪を立てて耐える姿がいい。なんとも滑稽で無駄な抵抗だ。可愛らしい肉穴はペニスを頬張ってヨダレが止まらなくなっているというのに。

大人サイズの男根が容赦なくミニサイズの幼肉を掘り進む。

襞肉がにちゅにちゅと絡みつくのは、もっと刺激がほしいからだろう。

「んっ、ふぅ、余裕だし……！　ぜんぜん、こんなの……！」

それでもどうにか強がるナスカであったが——

ごちゅッと最奥を潰されると、弓なりに反り返って法悦に達する。

「あひっ、ぁあああッ……！　やだぁ、イッちゃったぁ……！」

「奥イキだね。ポルチオって言って、子宮口はクリトリスとGスポットに並んで感じやすい性感帯なんだ」

「し、知ってるけど、それぐらいぃ……あぁああぁッ……！」

知ってようが知ってまいが大差はない。大切なのは、子どもであろうとオルガスムスに達するということだ。どんなに悔しがろうと抗《あらが》えない快楽があるということだ。幼い体にメスの神経が行き渡っている事実が康男を熱くする。

「奥イキの特徴はね、連続でイキやすいことなんだ」

「連続って……」

「こういうふうにしてみたらどうかな？」

康男はナスカの腰を鷲づかみにし、思いきり引き寄せた。

挿入がさらに深くなり、亀頭が子宮口にめりこむ。

「ぉんんッ」

ナスカはえぐみのある嬌声をあげて全身を震わせた。絶頂ではないがひどく感じている。やはり敏感だ。

さらにペニスを押しこまれると面白いようにおんおんと鳴く。

「いちおう言っとくけど、まだち×ぽ半分ぐらいしか入ってないからな？」

「だ、だから、どうしたのよ……そんなの、ぜんぜん」

「そらそら、ポルチオぐりぐりするぞ」

「ぉおッ！　ぉあっ、あんッ、ぉんッ、あぉおおッ……！」

めりこんだ亀頭が動くたびに幼子が獣の声をあげる。オットセイのような海獣に近いだろうか。ファッションリーダー気取りのお子さまらしからぬみっともなさだ。ざまあみろという大人げない爽快感が康男をさらに駆り立てる。

突いた。

後ろから突いた。

どちゅ、どちゅ、どちゅ、と最奥を突く。

「あッ！　あーっ！　あーッ！　あぉッ、ぉおおっ……あおぉおおおんッ！」

今度は犬の遠吠え。同時に細腰がよじれて秘穴が痙攣する。

「そら、二回目イッた。止めずに動くぞ？」

「ま、待っ、待ぁああぁあッ……！　あぁあああーッ！」

三回目のイキ震えでペニスが揉みしだかれた。心地よさに男喘ぎがこぼれる。

愉悦の極地で幼肉は柔軟性を増すのか、さらにハメこみが深くなった。ナスカ個人の体質かもしれないが、康男にとっては都合のよいオナホールである。

「そらどうだッ、おっさんの腰振り気持ちいいだろう？　中坊のち×こより中年のち×ぽのほうがデカくてエグくて気持ちいいだろう！」

相手が子どもだからと言って遠慮はしない。むしろますます意欲的に出し入れした。

軽い腰をたやすく固定し、振り子運動で掘り進む。

「あうっ、ぉうッ、ぉおおおッ……！」

幼獣の慟哭《どうこく》に康男の耳がとろけ、脳は性欲の虜となった。

（気持ちいいッ……！　めちゃくちゃ気持ちいいっ！）

ピストンすればするほど快楽が濃度を増していく。

ナスカの穴ぼこは絡みつくようにキツくて、ぬめりがある。すこし突けばすぐに痙攣する。肉棒を気持ちよくするために存在する穴だと思えた。

使わないのは損だ。

もっともっと突かなければもったいない。

「ふー、ふー、ガキま×こいいねぇ。のびのび育っててち×ぽくわえこんで。もうすぐ根元まで入るよ？　おじさんのち×ぽとラブラブになっちゃうよ？」

「キモすぎっ……！　んっ、あぉんッ！　ラブとか、ぜんぜんないし……！」

「さっきからイキまくってるくせに？」

ねちっこく問いつめる。自分でも気持ち悪いと思う。だが、気持ち悪い中年こそが美麗なロリータを引き立てるという思考もあった。

体格差、美醜差、声の高低差——ギャップが少女を輝かせる。

なおのことゲスに振る舞おうと決めた。

「せっかくだから、浮気えっちでイキまくりのとこ見てもらおうか」

「えっ……」

腋から薄べったい上半身を持ちあげる。体が小さいと軽くて扱いやすい。挿入したまま立ちあがれば、小膣ごとか細い下半身を押しあげることができた。

「あおッ、ぉおおッ……！　おんッ、ぉあああああッ」

ナスカはまた法悦に律動した。つま先立った細脚に大量の愛液が伝う。

「おま×こ雑魚《ざこ》すぎでしょ」

康男はあざ笑いながらも、脚を開き膝を曲げて腰の高さをあわせていた。調整が必要な体格差にますます興奮してしまう。

しかも彼女の前には窓がある。

レールから落ちたカーテンが垂れ下がり、隠しきれなくなった窓が。

「ほらっ、オミくんにアヘ顔見せてやれ！」

「や、だめっ……！　無理だからッ、ほんとやめてよぉ……！」

「いいからイケ、おらっ」

窓に手をついて顔を隠そうとするナスカ。その最奥へと、康男は痛烈なひと突きをくれてやった。

「ぉおおぉおおッ、へぉッ、おへぇぇえぇえっ……！」

何度目ともつかないオルガスムスに幼穴が蠢動《しゅんどう》する。鼻にかかった喘ぎのなかに、ときおり喉を潰すような低い声が混ざっていた。

「お子さまが出していいアクメ声じゃないな。奥イキしすぎておま×こ完全に馬鹿になってるんだろ？」

美少女らしからぬ声もかえって官能的だ。プライドの高い馬垣七朱華が取りつくろうこともできずに漏らした声である。悔しげにこぼす悪態も愛らしい。

「キモブタのくせにぃ……！　生意気ッ……！」

「そうだね、キモブタだね。こんな気持ち悪いおじさんに犯されてアヘアヘしてる恋人を見たら、オミくんも失望して別れるって言ってくるんじゃないかな」

「やだっ、それはやだぁ……！」

「もともと巨乳好きだからちょうどいいかもね」

指先で胸を撫でるとほのかに指が沈む。乳肉がまったくないわけではない。ちゃんと女になろうとしている体だ。それでも薄切りハム程度の厚みしかないのは御愛嬌。なによりも軽く爪でつついただけで硬くなる小粒が愛らしい。

「あんっ、んんんッ……！　なに勝手にヘンなとこ触ってんのよぉ……！」

「乳首もけっこう感じるのかな？　子どもなのにエロい体だね」

「だ、だからっ、ひんッ、いじらないでってばぁ……！　あんっ、あんんんッ」

ナスカは切なげに身をよじり、甘い吐息で窓ガラスを曇らせる。声は悔しげだが、身じろぎには媚びるような粘りがあった。

「こんなに体が敏感になるの初めてなんだろ？」

康男は乳首をいじりながら子宮口を優しく擦りあげた。

「はぁぁあ……！　ぜんぜん、大したことないぃ……ぁあッ、あんっ……！」

「奥イキ覚えて、なおさら大人のでっかいち×ぽで奥を突かれるの意識しちゃうんだろ？　というか、このあいだの配信でもう気づいてたんじゃない？　感じすぎるから避けたほうがいいって——」

亀頭が抜ける寸前まで腰を引いた。

すう、と軽く深呼吸。

畳に足の爪を立てるように踏ん張る。

「こんなふうに突かれたらアへりまくっちゃうって理解してんだろ！」

渾身《こんしん》で突いた。股と股がみっちりと押しあう。

(根元まで入った……！)

ちびっこくて細っこい少女と完全につながったのだ。

ひしゃげたアクメ声が感動の瞬間を淫靡に彩《いろど》る。

「おっ！　ぉおおおぉおおおお……！」

愛らしい子ども体型が絶頂の痙攣に包まれても、康男は止まらない。

何度も突いた。股と股を密着させるために。

小さな骨盤を叩き壊すように、思いきり突いた。

とにかく、突いた。滅多突きである。

もはや性戯ではなく暴力だった。大人の肉棒で未熟な膣を殴りつける行為だ。

膣奥への衝撃と絶頂の快楽にナスカは悶悶した。

「おッ！　あッ！　あーっ！　あーッ！　あおおぉーッ！　ぉへぇええッ！　やめッ、やめてッ、やめでッ、やべでぇえッ！　イッでるッ、ヤバいイキ方してるッ！　壊れちゃうッ、おま×こ壊れぢゃううぅうッ！」

狭隘《きょうあい》な肉壺がイキ震えて止まらない。膝も笑っていつ崩れ落ちるかわからない。が、鋼《はがね》のごとく隆起した逸物が膣を貫いて高さを保つ。激しい抽送で絶頂の高みからも下ろさない。大人の男のプライドをこめたピストン運動だった。

（違う……！　元いじめられっ子の八つ当たりだ……！）

わかっていても止められない。卑小なメンタルが爆発していた。

「さんざん生意気な口をききやがって……！　成金クズの子どもはやっぱりクズに育つのか、なあ！」

人生で味わった屈辱をすべてナスカにぶつけている。

攻撃的に、暴力的に、自分よりずっと弱い存在を叩きのめす。

「おンッ！　あンッ！　ぁあああッ……おま×こ死んじゃうっ、死ぬぅぅうッ」

「そうだ、理解したか！　大人がその気になればおまえみたいなチビガキはち×ぽで簡単にブッ壊せるんだ！　こんなふうになッ！」

「んぉッ！　おへぇぇえッ！」

ぶしゃ、と股に飛沫を感じた。

どうやらGスポットへの刺激なしに潮を噴いたらしい。

「も、無理ッ、やだぁああッ……！」

「やだじゃないだろッ！　ほら、言うことはほかにないのか！　でないともっと噴かせるぞ！　イカせて噴かせまくるぞッ！」

度重なる悦楽責めに、ナスカはぐっと歯を噛みしめ、ぽろりと涙をこぼした。

「……ごめん、なさい」

か細くも可憐な謝罪の言葉が康男の脳に染み渡る。

（ついに！　ついに生意気なメスガキに負けを認めさせた！）

人生のすべての苦労が報われる気がした。

達成感と勝利感に全身が熱くなる。

だが連鎖的に浮上するのは、より強烈な衝動である。

「出るッ……！　中に出すぞッ！」

「やっ……！　やだやだッ、ブタ精子やだっ、キモいキモいキモいッ……！」

「どうせ子宮口にザーメンぶっかけられてイクんだろ？　抵抗するだけみっともないってまだわかんないかなぁ、このメスガキはッ！」

なじりながらラストスパート。深みから最奥へと小刻みに連打する。ただ肉棒を気持ちよくするためだけの前後動だ。

どちゅんどちゅんとハメ潰して肉棒に鬱憤と快感を溜めこむ。

ナスカも愉悦の高まりに自然と背の反りを強めた。

「なにっ、なにこれっ、おひッ！　イッてるのに、おへっ、もっとヤバいのくるッ、ぐるっ、えぐいのぎぢゃうぅうッ……！」

強すぎる快楽に怯える背中がなおのこと獣性を刺激する。

康男は幼乳首を爪で潰し、最後の一撃を子宮口に叩きこんだ。

「そらッ、反省しろッ！」

力をこめて封鎖していた鈴口を開放。

尿道が破裂せんばかりに脈打ち、粘り気が迸った。

「ぁへッ！　ぁああッ……！　ごめんなさいいぃいいいぃいぃッ！」

ナスカはアクメ声に謝罪を織り交ぜて悶え狂った。

びゅー、びゅー、と量も濃度もすさまじい精液が子宮を打ち、へばりつく。中年の執念を象徴するように、幼い粘膜すべてを汚しつくしていく。

（ああ、気持ちいい……！　子どもを穢すのは、たまらない……！）

鬱憤晴らしとロリコン性癖が複雑に絡みあった射精である。脳も神経も溶けて鈴口から飛び出している感があった。

「ふんっ、ふんッ、ふんッ！」

たびたび腰を振って快感を深め、射精に勢いを添える。

「あぉお、ぉおおッ……！　謝っだのに、ひどいっ、うぐっ、ううぅう……！」

ナスカは膣も四肢も背筋も痙攣に襲われていた。幸せそうな震え方だった。喘鳴《ぜんめい》じみた悦声が奥深いエクスタシーを感じさせる。義務教育も終えていない少女には不釣りあいなほど淫猥で背徳的な痴態である。

（これでもう、どうなってもいい）

康男はすべてを諦める心地だった。

いつ通報されてもおかしくない。警察に捕まり、人生が完全に終わっても仕方ないことをした。自業自得だ。

「ふくっ、ふぐぅ、うぅ……うく、ふ、ふ、ふぅ……」

ナスカは窓に頭頂部をつけてうつむいている。

悲しげに聞こえた吐息は、しかし。

「ふふ、ふふふふ、うふっ！」

突如、してやったりという含み笑いに変化した。

のっそりと突き出してくる手には、スマートフォンが握られている。液晶画面に表示されているのは、切なげな顔の少女と、後ろから突きまわす全裸の中年。まぎれもなくナスカと康男だ。行為中の隠し撮りだろう。

「これならレイプの証拠になるでしょ？」

「……なるね。なるけど、それを警察に出すなら、俺もお父さんの動画を」

「出せるならやってみりゃいいじゃん。そのときはおじさん、絵のお仕事も……じぇるQのお仕事も、もうできなくなるんじゃないの？」

ぐう、と康男はうめいた。

復讐を果たして満足はしたし、自業自得だとも思っている。

だが、軌道に乗ってきた絵の仕事がふいになるのは、いささかつらい。個人的にファンであったじぇるQシリーズの仕事であればなおさらだ。

「やっぱり……思ったとおり。絵のこと馬鹿にされて怒ってたし、男のひとってイッたら冷静になるって言うし」

ナスカはやはり利発である。イキ狂いながらこの状況を想定していたのだ。

状況は互角。どちらが動いても双方が破滅する。

想定外の一手に康男は動揺しながらも、つとめて平静を装った。

「そういうことなら――」

睨みあうように視線を交わした。

そして、ふたりは和風創作料理の店に入った。

淡い照明が「和」のテイストの内装を上品に彩っていた。

康男とナスカは案内された個室で座布団に腰を下ろす。

注文はそれぞれ好きずきにした。ナスカは親から夕食代を渡されているが、さすがにこの場は康男の奢《おご》りである。

「おじさんと外で話すとか嫌なんですけど。友だちに見られたくないし」

「だから友だちがこなさそうで個室のある店を選んだんだよ」

世間の目が恐いのはお互い様だ。個室にしてもカラオケボックスなどはナスカの友人と出くわす可能性がある。その点、この店はファミレスなどより値段設定が高く、ムードが大人っぽい。子どもがふらりと入ることもあるまい。

「で、今後のことだけど、まず弱みを握ったのはお互い様だね」

「そだけど。でもさ、そもそもナスカは……」

「失礼します、紅《あか》と碧《みどり》の富士山サラダでございます」

店員が個室のドアを開いてサラダを置く。名前のとおり富士山のように盛りあがったサラダである。緑の野菜に赤いパプリカとプチトマトが添えられている。

「とりあえず食べよう。野菜は食べられる？」

問いかけるが答えはない。

ナスカは寄り目気味に野菜の富士山を見つめている。

「これ……キモい」

「なんでだよ。ただのサラダなのに……」

「だってこれ、じぇるQで作ってたやつじゃん」

正解。

見た目は間違いなくじぇるQで主人公の親友が作ったサラダである。ほかにもこの店にはじぇるQの再現らしきメニューが多数ある。おそらく店長の趣味かなにかだろう。康男はネットでその評判を見て月に一度の常連になった。

「こういうアニメごはんとかキモい」

「でもよくわかったね。たった一話しか出てないサラダなのに。もしかしてナスカちゃん、じぇるQめちゃくちゃ見てるんじゃないの？」

「ち、違う……！　スナオが見たがるからいっしょに見てあげてるだけ！」

照明が暗いのでよく見えないが、ナスカは赤面しているらしかった。

「ほんとはじぇるQ好きなんじゃないの？」

「違うって！　じぇるQなんてオミくんも見ないし……！　ほんとおじさんキモいしウッザい！　だいっきらい！」

なるほど——康男は納得した。

ナスカは他人の目を気にして着飾り、居丈高《いたけだか》に振る舞うタイプだ。周囲に子どもっぽいと見なされるアニメには抵抗があるのだろう。本当は大好きだとしても素直に表に出せるとは思えない。

「失礼します、チーズとキノコの甘辛チヂミ風です」

「ほら、これもじぇるQの」

「知らない！」

そっぽを向きながらも目線は料理に向かっている。

(これはこれで可愛いのかもしれない)

年相応の意地の張り方に、康男はほほえましさを覚えた。

その後もじぇるQ再現料理が出てくるたびに、ナスカは強がってむくれた。早食い気味に食い散らかして料理の原形を崩していく。

やはり子どもっぽくて可愛らしい。ほほえましい。

(こんな子を犯してしまったのか)

感じたのは後悔と、それ以上の興奮だった。

もっともっとこの少女に劣情をぶつけてやりたい。

穢れた心を抱えたまま会話を楽しんで、満腹になるころにナスカが立ちあがる。

「ごちそうさま！　もう帰る！」

「いや、お話なんにもできてないけど……」

「知らない！」

ナスカは憤然と個室のドアを開けた。

すぐに閉めた。

薄く開けて隙間から覗きこむ。

「なにやってるの……？」

「静かに……！」

ナスカの様子があきらかにおかしい。緊張の面持《おも》ちで部屋の外に視線を飛ばしている。康男も彼女の上から覗きこむ。

彼女がなにを見ているのかはすぐにわかった。

見覚えのある女性が男の腕に抱きついて個室に消えていく。甘えた表情でキスをするところもばっちり確認できた。

「ママ……」

ナスカは呆然と呟く。

いっしょにいるのは康男の知らない若い男であった。

第四章　彼氏への当てつけエッチ

怒鳴りあう声に馬垣家が揺れた。

一階から二階に届くほどの声量で口汚い罵倒が飛んでいる。

夫婦喧嘩と呼ぶには可愛げがない。本気で相手を否定する言葉の殴り合いだ。

怖がってすすり泣くスナオを、ナスカは強く抱きしめる。

「だいじょうぶだよ、すぐ終わるから。ふたりとも今日はちょっと不機嫌なだけで、すぐにいつもの優しいパパとママに戻るよ……」

本音を言えば泣きたいのはナスカもおなじである。

(私のせいじゃないよね……？)

創作料理店で見たことはだれにも言っていない。

父は以前から妻の動向に疑いを持ち、興信所に調査を依頼していたのだ。

調査報告が出るまでの流れにナスカはいっさい関与していない。だが、一足先に浮気の事実を知ったことで不安を抱いた。

無意識のうちに母の浮気をほのめかしていたのでは？

万一そうだとしても非難される謂《い》われはない——と割り切ることも難しい。ナスカはまだ義務教育も終えていない多感な少女なのだ。

「そうだ、スナオ。じぇるQ見よ！」

笑顔を振りしぼってスマホを操作する。姉としての使命感が危ういところでナスカを支えていた。

けれど。一階から聞こえてくる声に使命感がひび割れた。

「俺はな！　血もつながってないガキの面倒まで見てやってるんだぞ！」

ナスカは後妻の連れ子である。馬垣辰吉の血は引いていない。

それでも物心つく前から彼を父と慕ってきた。背は低いけれどお金持ちで堂々としている自慢のパパだと思ってきた。

「だからどうなのよ！　スナオは私たちの子どもでしょ！」

母の言葉は妹を肯定して姉を否定するようなものだった。
はじめてのことではない。年々、うっすらと違和感が膨らんでいたのだ。自分とスナオでは両親の態度に格差があると。

両者の血を引き、溺愛されているスナオ。

父とは違う男の血を引き、母にまで疎《うと》まれがちなナスカ。

「おねえちゃん……？　じぇるQ見ないの……？」

考えこんで停止しているナスカを、スナオが不安げに見あげてきた。

ほっぺがぷにぷにで、お目々はまん丸。オシャレでかわいい姉を慕う、子犬みたいに愛らしい妹。

ナスカはスナオが大好きだった。

でも、いまはその愛らしさが憎らしい。

「ねえ、スナオ……じぇるQより楽しいことしよっか」

幼い愛憎をこめて、ナスカはにこりと笑った。


翌日は日曜日だった。

ナスカは朝起きてすぐに家を飛び出した。

見慣れた住宅街をうつむきがちに通り抜けていく。

（またやっちゃった……スナオにあんなことやらせちゃった……）

暴力を振るったわけではない。痛みを与えたわけではない。スナオも両親のことを忘れて楽しんでくれた。

けれど、本当はいけないこと。

純真無垢でみんなに愛される妹が穢れていくのを見て、溜飲を下げたのだ。

一晩経つと後悔と焦燥にさいなまれ、家から逃げ出した。

(でも、ナスカはかわいいし……ナスカはクラスで一番オシャレで、美少女で、読モで……最高にかっこいい彼氏に愛されてる、幸せな女の子だし……)

頭の中で呪文のように奮起の言葉を唱えつづける。

「オミくんがいれば幸せだし」

すがりつくような言葉が口を突いて出た。

目の前には一軒家がある。馬垣家にくらべれば作りが古く、家屋も小さい。

表札は栗林。彼の名字を見るだけで胸が弾んで頬が熱くなった。

スマホでSNSアプリを起《た》ちあげ、通話ボタンを押す。

コール開始。

しばらく待つが、彼の声は聞こえてこない。

ついには相手側から切断された。

「オミくん、なんで……」

泣き出しそうな面持ちで二階を見あげる。そこに彼の部屋がある。七回えっちをしたスイートルーム。ラッキーセブン。今日で八回目にしたい。

SNSアプリでメッセージを立てつづけに送る。

『オミくん好き』

『大好き』

『ちゅーしたい』

『いま、家の前にいます』

『ちゅーしよ？』

すぐに既読マークがつく。期待をこめて返事を待った。

待ちに待った。

待って待って、微動だにせず立ち尽くす。

三十分ほど待ってもレスポンスは返ってこない。

『オミくん、スルーしないで』

『ちゅーしてくれないの？』

『寝てるのかな』

『ごめんね、眠いのに起こしちゃって』

『愛してるよ、オミくん』

ふたたび待つ。

十分で既読がついた。

彼の部屋のカーテンがすこし動く。わずかだが手が見えた。大好きなひとの手。つなぎあってデートした手。おっぱいを触ってくれた手。おま×こをいじってくれた手。愛液でマーキングした、ナスカだけの手。

「オミくん……！　オミくん……！」

喜色満面で手を振ると、カーテンから手が引っ込んだ。

さらに十五分待つと、返事が出てきた。

『悪いけどキモい』

『なんかストーカーみたい』

朝の日差しが照りつけるなか、ナスカの世界は真っ暗になった。

なにも考えられない。返事を打ちこみたいのに、書くべき文字が思いつかない。

ただただスマホを見つめる。冗談だと言ってくれることを期待して。

やがて届いたメッセージがオミくんからの最後の言葉となった。

『もう無理、別れよう』


ナスカは幽霊じみた顔で康男の家にやってきた。

いつになく消沈した少女の姿に、康男は慌てて座布団を出した。

会話はない。沈黙がつづく。

もてなしのチーズケーキとコーラも手つかずだった。

「……もし嫌じゃなければ、お話してくれないかな」

康男はつとめて優しく声をかけた。

いつも挑発的だった目から、ぽろりと涙がこぼれ落ちる。

「ごめんなさい」

「え」

「ひどいことばっかり言ってごめんなさい、おじさん」

衝撃の謝罪だった。

快楽で追いつめて強制的に言わせたのではない。小さな暴君が自発的にブタに謝ったのだ。想定外の事態に康男は動揺し、話を聞くしかなくなった。

妻の浮気を馬垣が知り激怒したこと。

ナスカが父親と血がつながっていないこと。

母親も連れ子のナスカを疎ましく思っていること。

妹のスナオにひどいことをしてしまったこと。

オミくんにフラれたこと。

「もう私、なにもかもおしまいかも」

順風満帆に人生を歩んでいた少女は、大切な居場所をすべて失った。

娘でも、姉でも、恋人でもない。

だれかのクラスメイト。だれかの友だち。読モ。そういった肩書きでは補いきれない喪失感にナスカは虚脱している。

（馬垣とは血がつながってなかったのか）

康男にとっても気まずい。ただでさえ八つ当たりだった復讐が、血縁という導線すら失ってしまった。後悔と罪悪感が色濃くなり、同情的な気持ちも湧いてくる。

「ナスカちゃん」

慰めようとした言葉が後につづかない。

なにを言っても「でも俺、ヤッちゃったしなぁ」と思えてしまう。

「……おじさんはすごいよね」

ナスカはまたまた衝撃の一言を放った。

「じぇるQの絵のお仕事してて。すっごく絵、うまい。神って感じだった」

「それは……うん、ありがとう」

ストレートに褒められるのは謝罪以上に驚きだ。

(この子は俺になにを求めてるんだ？)

考えながら、彼女の言葉を聞く。

「パパみたいに悪いことしないでお金稼いでるし。ほんとは馬鹿にしちゃいけないって思ったけど……でも、友だちみんなじぇるQ見なくなっていって、オミくんもじぇるQ好きじゃないって言って、私だけじぇるQ好きだと格好悪いって思って、じぇるQを馬鹿にして、ひどいこと言って」

ナスカはぐずりと鼻をすった。

「じぇるQでよく言ってるよね……いつだって《好き》が宝物、って」

「無印のころからのテーマだね」

「私、自分の宝物をずっと踏みつけてた……だからほかの宝物もダメになっちゃったのかな……私がぜんぶ悪いのかな……」

自虐がつづくうちに、彼女の求めるものが朧気《おぼろげ》に見えてきた。

（この子は否定されるのが怖いんだな）

過剰な自虐は精神の防衛機構であることが多い。

自分は悪いところを自覚しているから、これ以上否定しないでくれ——言い換えれば、自分を肯定してくれということだ。

肯定されることで自己承認欲求を満たしたい。

他人に否定されるぐらいなら先に自虐したほうが楽だ。

そんな心情を否定するのはたやすいけれども、康男は違う選択肢を選んだ。

「ナスカちゃん、このセリフは覚えてるかな」

彼女のとなりに腰を下ろし、背中を優しくポンと叩く。

「折れても破れても、それでも《好き》は《好き》なんだから——」

「……ルシエが、ブラックキャッスルレコードに捨てられて落ちぶれたときの」

「ミカが手を差し伸べたときのセリフだね」

名シーンである。卑劣で悪質だったライバルキャラを受け入れる主人公の度量と純粋さが印象的だった。三時間は語れるテーマだが、いまは我慢する。

「いろんなことがあって、自分の気持ちに正直になれないときもあるよ。それでもナスカちゃんは泣いちゃうぐらいじぇるQが好きだし、みんなのことが大好きなんだよね。それが本当の気持ちなら、だいじょうぶ……」

ナスカが目と鼻を赤くして見あげてくる。

康男はできるだけ穏和にほほ笑んだ。ふだんの彼女ならキモいだのブタだの言ってくるだろうが、今日はすがるように言葉を待っている。

「ナスカちゃんはなにも悪くないよ」

康男の想定どおり、その言葉は痛烈に響いた。

ナスカはブタと蔑《さげす》んだ男の胸に顔を埋《うず》め、身も世もなく号泣しはじめた。背をポンポンされ、頭を撫でられると、ほんのり体を弛緩させる。

受け入れ態勢になってきたのだろう。

嗚呼《ああ》、と康男は内心で自嘲する。

(俺はほんとうにブタ以下のクズだったんだなぁ)

ズボンの下で獣欲が隆起している。

康男は自分のなかの《好き》に従った。

「ナスカちゃんは、俺にとって世界一の女の子だよ」

甘い言葉に嘘はない。世界で一番、性欲の捌《は》け口にしたい女の子だ。

浅ましい底意があろうと、それが彼女の求める言葉だった。双眸《そうぼう》に悲涙ならぬ潤いが満ちていく。

「いままでたくさん酷いことをしてごめんね。ナスカちゃんがあんまり可愛くて、あんまりにも素敵で、だからよけいにちょっとした悪口に過剰反応しちゃったんだ。大人の俺がぜんぶ受けとめてあげなきゃいけなかったのに……」

「そんなこと……私、おじさんにすごく意地悪なことばかり言っちゃったし」

素直な態度につけこむべく、康男は彼女の耳元に口を寄せた。

「いままでの償いに、これからはおじさんがナスカちゃんを守ってあげるよ」

ナスカの体が硬くなり、すぐに脱力した。

康男にしがみつく手だけが力を増す。

「おじさんって、パパより体おっきいね……」

「デブだからね」

「背もおっきいし、クマさんみたい……」

どうやらブタから昇格したらしい。

「あっ……」

しがみついているうちに、ナスカは康男の股間に気づいた。

「おじさん、えっち……」

「ごめん……ナスカちゃんがあんまりイイ匂いだから」

「ううん、いいよ……嫌じゃないから」

思った以上に反応がいい。嫌がられる可能性も考慮していたのだが。幼腰をもどかしげに揺する様は、男女の関係を期待しているように見えた。

すでに彼女の体はセックスの快楽を知っている。

康男に与えられた快楽は子宮深くまで刻まれている。

「嫌なこと忘れられるぐらい、気持ちよくしてあげていいかな？」

康男はふたたび耳元にささやいた。

「うん……して、おじさん」

あるいは一時の気の迷いかもしれない。

だとしても、その隙をえぐり返して戻らなくしてやればいい。

「じゃあ、いこうか」

康男はナスカをお姫さまのように抱きあげ、布団まで運んだ。

ナスカは布団の上で一糸まとわぬ姿となった。

あらためて見ても妖精のように可憐な体つきである。

肉づきは最低限。二の腕や胸、尻腿にほのかな柔らかみを添えるばかり。やせっぽちではない。子どもから少女になろうという華奢な骨格には最適な肉感だ。繊細にして絶妙な膨らみが少年との差異を声高《こわだか》に叫ぶようでいとおしい。

なにより肌が絹のようにきめ細かなのである。触れると自然に手が滑るほどなめらかで、皮膚自体がほんわり柔らかい。

肉の薄さと補いあう触感に魅せられ、康男は無我夢中で撫でまわした。

ただし、肩から先のみ。

二の腕から手までを何度も何度も撫でて往復する。

「すごいね、ナスカちゃん。こうしてるだけで手が幸せになるよ」

まずは性感抜きで幸福感だけを与えたかった。爪先ほどの抵抗も残さず、余すところなく少女を貪《むさぼ》るために。

「ん……ふぅ……おじさん……優しい……」

ナスカはうっとりと嘆息する。康男を見る目はまるで白馬の王子さまに向けるようにとろけきっていた。あるいは理想の父親だろうか。どちらにしろ、髪が薄くなってきた肥満体の中年にはふさわしからざるものだ。

(そこまで追いつめられてたんだな)

無理もないか。子どもにとって両親に見捨てられる以上の恐怖はあるまい。結果としてキモブタと蔑んだ男を新たな庇護者と錯覚してしまった。相手が状況を利用して肉欲をぶつけようとしている外道だとも気づかずに。

「おじさん……」

あまつさえ、康男の手に指を絡めてくる。たがいの指と指と交互に組みあわせる、いわゆる恋人つなぎだ。

「ちゅーしたい」

媚びた口調で求めてくる。

「おじさんにキスしてほしい……だめ？」

「光栄だよ、こんなお姫さまみたいな女の子にキスできるなんて」

「お姫さまって、ふふ、おじさんってばクサいよ、うふふ、うふふふ」

ナスカは右へ左へ身悶えた。気恥ずかしげでもあり、うれしさを抑えきれず小躍りしているようでもある。どうやらロマンチックな物言いは刺さるらしい。恋に恋する乙女らしい愛らしさだ。期待に応えるのは難しいことではない。

「目を閉じて、お姫さま」

「はい……」

ワガママ放題だった少女は言われるまま目を閉じた。口を半開きにして、唇をすこし伸ばす。ほしくて仕方ないという顔だった。

（いただきます！）

康男は欲望のまま小さな唇を貪った。

最初は浅く、唇をつけるだけ。マシュマロのように柔らかい。

次に唇を唇で挟む。上と下を交互に。たがいに同時に。わずかながら水分が口内に入ってくる。おそらくナスカの唾液だ。ほんのり甘くて食欲を誘う。

もっと味わいたい。徐々に勢いが増していく。

康男がすこし出した舌先をナスカが唇で挟む。

「んぅ……ちゅうっ」

挟んだのは偶然だが、吸ったのは意図的だろう。一回で終わらず、ちゅ、ちゅ、と連続的に吸引する。小さなお口で大人の舌を迎え入れ、みずから舌を絡めだした。唾液をたっぷりつけてかき混ぜるような、大人のキス。

口の中がとろけるようだ。年長者の康男のほうが呆然としてしまう。

（この子、フェラとかセックスよりキスのほうがうまい……！）

想定外の反撃に康男は瞠目《どうもく》した。

鼠と猫のようなサイズ差で、猫が一方的に翻弄されているのが現状だ。

「ちゅっ、ちゅぱッ、くちゅっ、ぢゅぢゅるぅ……ちゅくっ」

ナスカの舌は小さいのによく動くうえに、唇と口内粘膜の使い方がうまい。ちゅぱちゅぱとフェラチオのようにしゃぶり、大きく音を立てる。

粘っこい摩擦感と水音に脳が痺れた。

幼くも艶めかしい口づけに酔い痴《し》れて止まれない。

「んちゅっ、れるれる……ん、ふふ。おじさんのキス、かわいい」

ナスカは目を細めて笑った。以前の嘲笑に似ているが、見下す雰囲気はあまりない。

むしろいとおしげで、信頼すら感じられる。

とはいえ、やられっぱなしは面白くない。

大人の力をわからせてやりたい。

「んあッ」

甘い声が跳ねあがった。

康男が指先で乳首を引っかいたのだ。

米粒のように小さな突起はすばやい擦過に弱い。連続すると快感が高まり、ナスカの舌遣いも止まりがちになる。

「んっ、はあ、はぁ、おじさんずるい……いまはキスしてるのに」

「そうだね、もっとキスしようね」

ナスカが喜悦に憂悶しているうちに康男の口舌が躍りだす。

やられたことをそのままやり返した。舌だけでなく唇と口内粘膜を駆使する。小さな赤いなめくじをしゃぶりこみ、なめ転がし、もてあそぶ。

「あっ、えう、ちゅっ、んぅう……！」

押されだしたと思われたナスカは、しかし猛々《たけだけ》しく攻勢に転じた。

「ちゅばッ、ぢゅっぱ、ぢゅっぱ、ぢゅるるるぅ……！　ぐちゅちゅッ！　ぢゅぷッ、ちゅばッ、ぢゅじゅぢゅううぅぅう……ッ！」

嚙みつくほど激しく、なめしゃぶる。負けじと康男も応じた。

ふたりの唾液が弾け、垂れ落ち、たがいの口に流れこむ。

甘酸っぱい少女のヨダレが康男の口に。

生臭い中年のヨダレがナスカの口に。

こくん、と同時に飲みこんだ。

「んぅ……えへ、おじさんのツバ飲んじゃった。きったないなぁ」

「ナスカちゃんのツバはすごく美味しかったよ」

ふたりはますます盛んにキスを交わした。

乳首ばかりでなく体のあちこちをたがいに撫でまわしながら。

康男はなめらかな肌を愉しみ、小さな体軀《たいく》を確認して興奮を深めた。

ナスカは脂肪の柔らかさに埋もれ、大きな体軀にすべてを委ねた。

ちゅぱ、と口を離す。唾液が糸を引いていた。

「すっごくえっちなキス……こんなキスはじめて」

「こんなにキス上手《じょうず》なのにはじめてなんだ？」

「だって、オミくんはキスそんなに上手《うま》くなかったから……」

中坊とはいえあまりにも不甲斐ない。

オミくんは極上の恋人を半分ほども味わってない。

「もっともっとナスカちゃんを味わいたい……いいよね？」

「いいよ、おじさん……気持ちよくしてね？」

キスで火照りきった体はほの赤く、あちこちに玉の汗を浮かべていた。

匂いたつ女児の体臭に康男はますます昂った。

「それじゃあ、次は……」

生唾を飲んで欲望を次のステージに進めた。

ナスカは自分の膝裏を思いきり抱《かか》えあげた。小尻が浮いて股ぐらが上を向く。まんぐり返しと呼ばれる体勢である。

「うぅ、さすがにこれは恥ずかしいよ、おじさん……」

「ごめんね、ナスカちゃん。えっちなポーズ取ってくれてありがとう」

康男はナスカの尾てい骨に股を押しつけるかたちで体勢を支えた。

目のまえに無毛の幼裂がある。べったりと濡れそぼり、ヒクヒクと蠢《うごめ》いている。肉溝を軽く撫でると全身に震えが波及した。

「あっ、はぁん……！　なんだか、すごく感じやすい……ヤバいかも」

「どうしてやばいの？」

「だって……すぐイッちゃうかもしれないし……あぁんっ」

中指を差しこんでみると、いままでよりも格段に入りやすい。狭さは変わらないが、膣口が驚くほどほぐれている。

さらに押しこめば一転、粒襞の坩堝《るつぼ》がいとおしげに指をねぶってきた。粘っこくて執拗な絡みつきが心地よい。指がペニスになったように思えた。

「今日のナスカちゃんのおま×こ、最高に気持ちよさそう……はやくハメたい」

わざと下劣な言いまわしをしてみた。

「んっ、あはぁ……！　ナスカもおじさんにハメてほしいぃ……！」

期待どおり肉穴が物欲しげに締めつけてくる。締めつけがキツけれキツいほど摩擦感は大きくなる。それでいて蜜汁はたっぷり。よく滑るので、指の動きが阻害《そがい》されることもない。

「おま×こ、いい子だね……指が根元まで入るよ」

「あぁあっ……！　おじさんの指、ふといっ……！」

「太い指のほうが気持ちいいし好きでしょ？」

「うん、好きぃ……！　ぶっといの、好きぃ……！」

年齢相応の甘えた口調だが、快楽を謳《うた》う艶めかしさは大人顔負けだ。

小さなお尻も細い腿もランドセル年齢の女児らしい造形と言っていい。なのに喜悦に律動する様は年増の淫婦もかくやである。

道義的には間違いなく「悪い子」だろう。

（もっともっと悪い子にしてやる）

康男は中指を根元まで押しこみ、コリコリした子宮口を揉みこんだ。

「あうッ、はあぁ……！　そこほんとヤバいっ……！」

「やめたほうがいい？」

「やだぁ、やめないでぇ……！　奥いちばん好きだからぁ……！」

「それじゃあ、おじさんの言うこと聞ける？」

康男はスマホを手に取り、要望を伝えた。

返ってきたのは羞恥と困惑だが、最奥を数回ノックすれば状況は一変。

「わ、わかった、やるぅ……あぁ、やりますぅ……！」

ナスカは快楽に染まった顔で了承する。

「よし、じゃあカウントダウン……3、2、1、Q！」

動画モードで撮影を開始。

画面はバストアップ。ナスカの肩から上が映っている。

表情は笑み——口角が引きつって左右の高さが違う。

「は、はろはろ〜、オミくん見てる？　ナスカだよ〜」

状況を楽しんでいると主張するように顔の左右でピース。

「今日はね、オミくんに大事な話が、あッ、あるんッ、だよ……はひッ」

吐息とともに笑顔のあちこちが不自然に乱れた。康男が指で子宮口をマッサージしているからだが、当然カメラには映らない。

「いま、ナスカがなにしてるか、あふッ、わかる、かな……んんッ。わかんないかなぁ……オミくん、私のことわかってないもんね」

皮肉な言い方に力がこもる。自分をフッた男への怒りがこみあげてきたのだろう。いままでは怒る余裕すらなかったが、ちょうど絶好の機会が与えられた。康男が与えてやったのだ。配信者でもある彼女にぴったりの機会を。

「オミくん、私の性感帯よくわかってなかったよね……んあッ、ふぅッ！　適当に触って、濡れてたら入れて、あッ、あーッ……とりあえず腰振って、すぐイッちゃうだけのセックス……！　んーッ、んふっ、はぁ、はぁ、やばっ……」

絶頂に達しそうな気配があったので、康男は指遣いを変えた。

子宮口一点集中でなく、抽送で膣全体を刺激する。ぬっぽ、じゅっぽ、と弾ける水音も動画には入っているだろう。

ほどよい快感にナスカの口角が自然とゆるむ。

「あはっ、えへへぇ……いいんだよ、オミくん。んっ、だってオミくん、まだ中学生だもんね。ナスカと二歳しか離れてないし、義務きょーいくだから、あんっ、私とおなじでお子さまだもんね……セックスへたくそでもしょーがないよね」

痛烈な皮肉だった。多感な時期の中学生にはきっと刺さるだろう。もちろん本当に見せるつもりは康男にはない。あくまでこれはナスカの心情に区切りをつけるための儀式である。

「でもぉ、正直ぃ、オミくんとのえっちでイッたの数回だけだしぃ」

ことさら語尾を伸ばして嫌みったらしさを倍増させる。

「もっとも一っと気持ちいいえっち、してみたいんだよねぇ〜、べー」

舌を出して悪戯っぽくほほ笑む顔は、まさに小悪魔だった。

康男はここだと決め打ちでカメラを引きはじめる。ナスカの肩から下がフレームインしていく。ごく薄いがほんのり膨らんだ乳房、小粒ながらも尖った乳首、腰を屈しているため横皺が深く入った腹――そして、男の指をくわえこんだ幼膣。

「いま、ナスカちゃんはぁ……浮気してまーす」

会心の告白だった。

当てつけと言い換えてもいい。

見せつけるように、いったん下ろしていたピースが再浮上する。

「オミくん的にはフッたからどうでもいいかな？　ナスカは一方的にフラれてちょームカついてるし、浮気って言わせてもらうね。そのほうがさ、ひどいことしてるって感じでウケるよね〜」

あるいは、母親への意趣返しもこめているのかもしれない。

哀れな少女を慰めるため、康男は指を二本に増やした。ただ二本差しこむだけではない。人差し指に中指を絡める。中指が曲がることで硬い節が主張を増す。出し入れをするとゴリゴリした複数の硬質感を膣壁に与えられるのだ――とエロ漫画で読んだことがあった。

「あっ、んあッ、あぁあぁ、おじさん上手ぅ……！」

ナスカは喉をさらして感悦に酩酊《めいてい》した。漫画知識の実践は成功。付け加えるなら、指の形が複雑になることで挿入部に隙間ができて、飛沫と水音が飛びまくる。スマホカメラでばっちりと捉えておいた。

「あんっ、あンッ、あーッ……！　オミくんの指と違うぅ、ぜんぜん違うぅ……！

なんでこんなにおま×こいじめるの上手なのぉ……！」

「ナスカちゃんのことが大好きだから、気持ちよくしてあげたいんだよ」

ここは狙い目だと声を出してやった。

効果は覿面《てきめん》。少女の表情が恍惚とゆるむ。

ぐっちゅ、ぐっちゅと指が出入りするたびにナスカのつま先が宙を蹴る。

「ナスカわかってきたよ……はぁ、あはっ、年上好きなオミくんの気持ち。いいよね、年上の男のひと……ぁあッ、中学生なんかよりずっと年上ね。パパとおなじぐらいのおじさん。ほーよー力ってやつ？　あぁ、幸せになっちゃうぅ……！」

気持ちがよければ気分もいいのだろう。自分を捨てた男を見返す精神的な快楽が肉体的な快感を何倍にも強めている。

（たぶんこの子は根っからイジメッ子気質なんだろうな）

だれかを見下して優越感を貪る気性は、以前なら康男に対して猛威を振るっていた。現在の対象は元彼だ。康男への態度も本気とは思えない。寄りかかる対象がほしいのは間違いないが、オミくんへの当て馬としても利用しているのだろう。

どうしようもないメスガキだと思う。

学校で同級生をイジメていないか心配になってくる。

（なら俺が教育してやらないと）

父母にはまったく期待できない。教師の手にも負えないからこんな性格なのだろう。なら、残されたのは体を重ねた自分だけだ。

「ナスカちゃん、おま×こそんなに幸せなの？」

「うん、最ッ高ぉ……！　おじさんの指ぶっといし、オミくんの子どもち×ちんよりおっきくて気持ちよすぎぃ……！」

喜色満面のナスカであったが、直後に大きく目を剝いた。

「おひッ！」

舌もろともに低い喘ぎを口外に押し出す。

下肢がこわばって、プルプルと震えていた。

康男が秘裂に薬指まで追加したばかりか、三本指を無理やり開いたのだ。拡張された膣口から穴襞がのぞける。使いこんだ柔軟さといたいけなピンク色が淫惨なギャップを描いていた。もちろんスマホで撮影中。

「そりゃこんなドスケベ穴にとっては中坊のち×こなんて爪楊枝《つまようじ》みたいなもんだろ。大人のち×ぽを一回くわえこんだら病みつきになりやがって」

「お、おじさん、それやだっ……！　キツイし、恥ずいよぅ……！」

「ほら、オミくん見てるか？　キミの三倍ぐらい生きてるおっさんがハメ倒した穴だぞ。キミと別れる前から浮気ま×こだったんだよ、このメスガキは」

「やだ、やだぁ……なんでそんなひどいこと言うのぉ……？」

康男の豹変にナスカは涙目になる。

ここが勝負どころだ。

(俺の思ったとおりなら、たぶんこの子はSなだけじゃない)

ぺっ、と康男はツバを吐き出した。
べちゃり、とへばりつくのは、膣の奥。
女の子のもっとも大切な部分への、最低最悪の侮蔑《ぶべつ》行為である。
激怒するかと思われたナスカは、しかし。
「あぅうッ……！　やぁ、やあぁ……！　あぁあああっ……！」
オルガスムスに顎を跳ねあげていた。
足指がピンッと反って、歓喜にわななく。
やはり——康男は確信した。
(この子はSだけじゃなくて、Mでもあるんだ)
康男に下克上されて目覚めたのかもしれない。
当人は被虐癖に無自覚なので、わからせる必要があった。
「マーキングしたよ。ナスカちゃんの体は一番奥まで俺のものだからね」
「おじさんの、もの……？」
非道な扱いを愛情にもとづく独占欲と錯覚させる腹づもりだった。
ナスカはたやすく幸せそうに目を細める。
開口中の肉唇に息を吹きつけられると、「やぁん」と愉しげに悶えた。

「ねえ、俺だけのち×ぽハメ穴になってよ」

「言い方ひどい……んんっ！　ひんッ、あはぁッ……！」

康男は三本指を重ね、閉じた膣内で右へ左へねじまわした。ギチギチと裂けそうなぐらい狭いが、柔靭な秘肉は粘り強く絡みついてくる。愛液も次から次へとあふれ出す。ナスカの声も気持ちよさそうだ。

「あぁあッ、はへっ、おま×こ広がっちゃうぅ……！」

「広げちゃうよ。かわいいナスカちゃんのおま×こ、俺のサイズにする。もう俺以外のち×ぽじゃ満足できない体になってもらうからね」

「そんなぁ、あぁんッ、やあんっ」

「好きだよ、ナスカちゃん。ずっと俺のモノにしたかった」

強引な愛のアプローチ、という体裁で外道の行為を誤魔化す。はた目にはあからさまだが、この瞬間、彼女に対しては充分通用すると確信できた。

ただでさえ夢見がちな年ごろである。

ショックの連続で失意の底に堕ち、愉悦の連鎖で思考力も落ちているはずだ。

「愛してるよ、ナスカちゃん」

猛毒を飴で包みこむように優しく言う。

同時に膣奥を指先で潰した。

「んぁぁあッ、はぁあああああああッ……！」

ぶしゃ、と潮がしぶく。

Gスポットを刺激されずとも噴けるのは才能だろう。

「愛してる、ナスカちゃん、俺のナスカちゃん、俺だけのナスカちゃんっ」

「あうッ、んんぅうッ！　おじさん、おじさんっ、んぁああーッ！」

子宮口を連打するたびに潮がしぶく。股を持ちあげた体勢のため、彼女自身の体にサラサラの液体が飛び散っていた。それどころか顔まで汚れる。絶頂と幸福にゆるみきった童顔が、だ。

「なるぅ……おじさんのもの、なりますぅ……」

堕ちた。勝ったのだ。

生意気の権化《ごんげ》であった可憐な女児に。

脳から脊髄に歓喜の稲妻が走り、股間で弾けた。

(うれしい……！　こんなにうれしいことがこの世にあるのか！)

激しく勃起しながら感じ入る。

無理やりアへらせて謝罪させたときとは違う。今度も無理やり気味ではあるが、彼女は心から康男に屈したのだ。偽りの愛情に依存する形で。

「ありがとう、ナスカちゃん……これからたくさん愛してあげるよ」

康男は欲望のまま下の口にキスをした。

クンニで三回イカせた。

「あぁ、へぁあ……おじさん、好きぃ……」

ナスカは目の焦点も合わないほど快楽に溺れていた。


彼女を寝かせたまま、康男は膝立ちで薄い胸をまたいだ。

愛らしい顔に男根を突きつけ、ぺち、ぺち、とソフトに叩く。ガマン汁が付着して糸を引いてもナスカはうっとりしていた。

「はぁ、はぁ、おじさんのおち×ぽ、でっか……ヤバぁ……」

「いい子だね、ナスカちゃん。ち×ぽ好きでスケベないい子、いい子」

「やあん、おち×ぽで顔撫でないでよぉ。おじさんこそ超スケベじゃん、えへへ」

嫌がる素振りすら楽しげだった。

モノが男根でなければ小動物と戯《たわむ》れるかのようだ。

康男はスマホカメラで撮影しながら興奮を止められない。

「ほら、ち×ぽに好き好きちゅっちゅしようね」

「言い方キモーい。いいけどさぁ……えへへ、ちゅっ、ちゅうーっ」

鈴口と裏筋にキス二連発。二発目はやや長めで快感が強い。康男は腰が浮きそうになるのを堪《こら》えた。

「ね、ね、気持ちいーい？　ちゅっ、ちゅーっ……どうかな？」

「すっごく気持ちいいよ。すぐイッちゃいそう」

「早漏じゃん。ガマンしてよぉ」

「ナスカちゃんにいっぱい愛してほしいからガマンするよ。オミくんみたいに早漏だとつまんないからね」

「あはは、ウケる。早漏はカワイソだよね～、ちゅっ、ちゅぢゅッ……れろぉ」

ナスカはわざわざカメラに流し目をし、小さな舌を長く伸ばした。

ねちっこくなめあげてくる。唾液を帯びた舌で、ぞぞり、と裏筋を削ぎ落とさんばかりに力をこめて。

「うっ、くぅ……！」

「おじさんの弱点見ーつけたぁ。れろれろれろッ、ちゅっちゅ、じゅろッ」

裏筋への集中攻撃にスマホを持つ手が震えた。

快感に耐える様がよほど愉しいのか、ナスカはさらに技巧を尽くす。キスとおなじように舌以外を駆使するフェラチオだ。

唇ではむはむと甘噛み。

しゃぶりこんで口内粘膜できゅっと圧迫。

吸う。じゅるじゅると唾液を流動させて、ぢゅぱぢゅぱ吸引する。

狭苦しい口内で震える亀頭をなめまわす。

「おっ、ふっ、くうぅ……！」

「んぢゅっ、ぢゅぱっ……ふへへぇ、おじさんかわいい。本気で気持ちよくしてあげるから、好きなときにイッていいよ？」

肉棒に両手が添えられた。小さな口に入りきらない亀頭の下をしごきだす。さいわい唾液とカウパー汁が大量に垂れ落ちているので滑りがよい。

「んっしょ、うんしょ……どう？　気持ちいい？」

ナスカは指先に力をこめて圧迫してきた。親指で尿道を潰すのは狙っているのか無自覚なのかわからない。とにかく、効く。

「くっ、あぁ、すっごく気持ちいいよ……！」

「よかったぁ。お口もいっしょに使うからもっと感じてね」

手淫と口淫の重奏で男根が喜悦に痺れた。

膝が震えるせいで全身が揺れてしまう。

（いままでのフェラチオとぜんぜん違う……！）

おそらくこれがナスカの本気なのだろう。いままではただ虐めるための行為であったり、流されて仕方なくの行為であった。

愛情をこめて奉仕するとなればモチベーションも段違いだろう。

おかげで尿道の奥で獣の衝動が沸騰しはじめた。

「ナ、ナスカちゃん……！　顔にぶっかけたいけど、いいかな……！」

「お口じゃなくていいの？　おじさんのなら飲んだげるよ」

心惹かれる誘い文句だが、いまはほかに目的がある。

「オミくんに見せてあげようよ。ナスカちゃんがお顔どろっどろにされて、おじさんのものだってマーキングされてるところ」

「あは、それいい。すっごくヤバい。興奮する……！」

ナスカはご機嫌で手をはやめた。

小造りな口をできるだけ大きく開き、押し出した舌で亀頭をなめまわす。

「出ひて、せーし出ひてっ……！　なしゅかに、ぶっかけてぇ……！」

「おぉお、出すよッ、ナスカちゃんのスケベ顔にマーキングするッ……！」

康男は煮立った熱汁を開放した。

清々《すがすが》しいほどの射出感だった。

びゅばっ、びゅるるッ、と極濃の雨あられが恍惚の童顔に降り注ぐ。

「あっ、めっちゃ飛ぶッ……！　あんっ、髪にかかっちゃうッ！　やあっ、おじさんのせーし元気すぎぃ……！　んっ、はぁ、量もヤバぁ……目、あけらんない」

「おっ、ほぉ、気持ちぃいッ……！　わかるか、オミくん！　中年の黄ばんだザーメンでこんなに可愛いお顔汚してるぞッ……！　おまえの愛情なんて上書きして、想い出もぜんぶカス以下にしてやるからなッ……！」

「あっは、おじさんってキチクだよねぇ。ドキドキする……！」

未成熟で愛らしい顔が目鼻口を塞ぐように汚辱されている。顔そのものが小さいのでたやすく全面をパックできる。とくに康男の精液は量が多くて粘っこいのだ。マーキングには最適だった。

「ちゃんと撮ったからね。マーキングの証拠、ここにあるから」

「へぁあ……口に入っちゃったぁ……お口の中まで、おじひゃんのものだね。んふ、ふふふ、オミくんより濃くてえぐい味だぁ、あははっ」

ナスカは男の所有物にされて悦んでいる。

ピースをするのは、その様を元彼に見せつけているつもりだからだろう。

やはり彼女はサディストであり、マゾヒストであり、ロマンチストでもある。

「それじゃあナスカちゃん——」

康男は生臭い匂いがする少女の顔を横切り、耳元にささやいた。

「次は体の奥まで俺のものにしてあげる」

「うん……本当の大人のセックスでナスカを奪ってね、おじさん」

なお、顔の汚れはペニスで口舌に集めて飲みこませた。軽くげっぷをするとさすがに恥ずかしがっていたが、康男はさらに興奮した。

射精したばかりの逸物が萎えることはなかった。


ナスカの宣言をカメラはバストアップで捉えた。

「これからパパと同い年のおじさんとセックスしまーす。中学生なんかとするショボい偽物セックスと違う、本物の大人のセックス……マジで超ヤバいんだから。ナスカすっごくえろえろになっちゃうよ。オミくんとのえっちじゃ一度もなかった、ほんとに気持ちいいときのアヘアヘナスカちゃんをたっぷり見ててね」

上機嫌でウインク。閉じた目を挟むようにピースを顔の横から差しこむ。

ズームアウト。

おうとつに欠けた裸身が股までフレームに入った。

「えへへ、言ってやったぁ。ナスカちょっとえろすぎかな？」

「えろすぎてチ×ポがこんなにバキバキになったよ」

康男は細脚のあいだで逸物を振るい、少女の柔い腹を叩いた。裏筋がヘソに当たる。まっすぐ挿入すればそこまで届くということだ。ただし膣には角度があるので、見たままの深みに届くわけでもない。

（それにしてもエグいサイズ差だなぁ）

子どもとのセックスが鬼畜の所業だと、あらためて実感した。

しかし根元まで入るのは確認済み。痛がるどころか悦ぶことも。

「うぅ、おじさんのやっぱりデカすぎ……ナスカまたおま×こ壊されちゃうの？」

「たくさんパコパコして俺のち×ぽ専用にしてあげるよ」

「はぁ、おじさんヤバすぎ……！　ね、しよ！　はやくしよ、パコパコしよ、はやくはやく！　こないだのレイプみたいなヤバいやつぅ！」

ナスカは自主的に脚を抱えて股をよじった。

どろぉ……と、愛液が肛門まで伝う。

「あのときのレイプ、そんなに気に入ったんだ？」

「うん……だって、あんなの知らなかったんだもん。セックスがあんなにヤバいぐらい気持ちいいなんて……オミくんはぜんぜんだったし」

ハメ潮を連発するほどイキ狂ったのだから気持ちよくないはずがない。おかげで康男は畳をひとつ買い換えることになったのだが。

「なら犯すよ、ナスカちゃん」

「うん、うんッ……！　あはっ、キモブタおじさんにレイプされちゃうー、こわいー、きゃははっ、ははっ、はふっ、はへぇ、へっ、へっ、へっ」

期待のあまり飼い主にじゃれつく犬のような呼吸になっていた。

竿先を幼スジに押しつけただけでキャンッと鳴く。

角度をあわせて押しこめば、甲高いだけではない艶のある声が流れ出る。

「んんんッ、ふあッ、ああぁあ……！　入ってくるぅ……！」

「なにが入ってくるの？」

「おち×ぽ……！　オミくんよりでっかい、形がえっぐい、本物のおち×ぽ……！」

「オミくんは短小なんだ？」

「子どもち×ちんだったよ……んっ、あぁ……！　こんな、入れるだけでお腹の中持ちあがっちゃうそうなのにくらべたら、小指みたいなもんだよぉ……！」

耳に心地よい比較だった。

「一番奥まで犯すぞ……そらッ」

力強く肉茎をねじこむ。

ぐち、と子宮口を押しつぶすと同時に、ナスカは果てた。

「んひッ、んぁあああああーッ！」

「おー、ち×ぽ揉みこまれて気持ちいい……！　ナスカちゃんの子どもま×こは本当に大人ち×ぽを悦ばせるのが上手だね？」

「あひっ、ぉほっ、ほ、ほんと？　ナスカのおま×こ好き？」

イキながらも嬉しげに目を細める女児の、なんと愛らしいことだろう。最初からこんな態度であれば酷いことなどしなかったのに。

（いや、ひどいことしたからこそのいまか？）

たらればの話に意味はない。

いまこの瞬間、幼い児童と犯罪セックスをしている事実が至福である。

加えてもうひとつ、正常位でつながったことで意外な発見があった。

「ナスカちゃん、お腹見てみようか。エグいことになってるよ？」

「え……？」

夢見心地のナスカであったが、自分の下腹を視認して目を見張る。

「わ、うっそぉ……こんなになってるのに痛くないんだ……」

下腹がぼこりと亀頭の形に膨らんでいる。

不自然に形成された稜線の裾野にヘソがあった。

軽く抜き差ししてみれば、隆起が消えたり現れたりする。

大人と子どもの体格差を痛感させる光景に、康男は見とれてしまう。

「あっ、あんッ、はああッ……！　やばっ、ぜんぜん痛くない……！　ナスカこんなになってるのに、めちゃくちゃ気持ちいいぃ……ッ！」

「体の相性がいいんだろうね。痛くないギリギリの、一番気持ちいいとこだよ」

適当に言ってみるとナスカの顔が恥じらいの赤に満ちた。

「そっか……ナスカとおじさん、そこまで相性ぴったりなんだ……やだ、マジじゃん。マジでそういうの、なんていうか……」

ナスカは顎の近くに握り拳を置き、落ち着きなく目を泳がせた。ちらちらと康男を見るたび、「えへへ」と誤魔化すように笑う。

たぶん、思いついた言葉を口にするのが照れくさいのだろう。

彼女のロマンス思考が康男にはだんだん理解できてきた。

「——運命かもしれないね」

耳元でささやくデブの中年には不釣りあいなクサいセリフ。

ふたりの特殊な関係においてはきわめて効果的だった。

「えへ、えへへ、えへへへへぇ……おじさん、えへ、そうかぁ、そういうこと言ってくれちゃうんだぁ……」

ナスカは歓喜に身悶えた。膣肉もうねって男根を抱擁する。ただ狭いだけでも、ただ締めつけるだけでもない。無数の蠕虫《ぜんちゅう》が絡みつくような感触は、紛れもなく名器の感触だ。これまで交わったときよりもあきらかに具合がいい。油断すればたやすく絶頂に導かれることだろう。

（やっぱり相手を好きって思ったほうがアソコもよく動くのか？）

確かめようはないが、自分からも腰を振らなくては男がすたる。

康男は大人のプライドを振り絞って腰を前後させた。ゆっくり、じっくり、カリ首で襞粒をひとつずつ挽き潰すように。

「あ、あーっ、あーッ、セックス好きぃ……！　おじさんのセックス、長持ちするからほんと好きぃ……！　アソコドロドロに感じすぎちゃうぅ……！」

「オミくんはすぐイッちゃったのかな？」

「あぁ……！　めっちゃはやかったぁ……！　五分もったこと、一度もなかったと思うぅ……んあッ、あぁ、はぁ、あぁッ……！」

これほどの名器に耐えられないことを責めるのは酷かもしれない。

だが、ナスカの嗜虐心はオミくんに誘導したい。

でないと被虐心を利用していいように貪ることができない。

「早漏でえっちが下手くそな中坊とブタみたいに太った中年、どっちが好き？」

問いかければ、よがり顔にサディスティックな笑みが混ざる。

「断然、おじさん！　おじさんが好き！　早漏でち×こちっちゃくて、気持ちいいとこぜんぜんわかってないオミくんなんかもうどうでもいい！」

「ならおじさんとキスしてくれる？」

康男はスマホスタンドを使ってスマホを布団の横に設置した。

手と顔をフリーにして背を丸める。体格差が大きいので、彼女が上向き加減にならないとキスは難しい。

「キスするぅ……パコパコしながらちゅーしようよぅ、ちゅう〜」

ふたりは唇を重ねた。

舌を絡めて唾液を交換する大人のキス。

ぢゅぱぢゅぱ、ねちゅねちゅ、と派手に音を鳴らした。

(あとで動画を見直したら最悪だろうなぁ)

はた目には醜悪の極みであろう。類い稀な美女児が肥満体の中年に上下の口を貪られているのだ。犯罪であり外道の所業でしかない。

もっとも、ナスカにとっては紛れもなく愛情を確かめあうセックスだ。元彼への当てつけを抜きにしても情熱が感じられた。キスの合間に「好き」だの「もっと」だのうれしげに求めてくる。ぜい肉まみれの体にしがみついてくるし、唾液も愛液も留まるところを知らない。

「ちゅっ、ぢゅるるぅぅぅ……ぬぱッ、はぁ、ナスカちゃんのお口おいしいよ」

「あぁ、うれしいぃ……！　んっ、あはッ、ラブラブえっちたのしい……でも、もっと激しくしてもいいんだよ？」

「ラブラブよりレイプっぽいほうがいい？」

「ラブラブレイプがいいの……おじさんは子どものおま×こイジメたいせーはんざいしゃさんなんでしょ？」

小悪魔の笑みは変わらない。

こいつめ、と康男は奮起した。

「お望みどおり犯すぞッ！」

細い手首を布団に押さえつけ、全力で腰を叩きつける。

ばちゅんッ、ばちゅんッ、と柔穴をえぐり返した。

「あぁあッ！　ひあッ、んんんッ！　本気レイプきたぁ……！　前みたいに犯されてるっ、おじさんに犯されちゃってるぅうッ！」

うれしくてたまらないのだろう。ナスカは押さえられた腕のかわりに細脚を康男に絡みつけた。身長のわりに長い両脚だが、それでも脂肪まみれの康男の腰は一周できない。どうあがいても鬼畜行為の体格差である。

女児のか細い股を殴り潰すようなピストンは虐待じみていた。

なのにナスカは喜悦によがり、腰尻を震わせる。

「あおッ、んぁあああッ……！　ヤバいヤバいヤバい、もうきちゃうきちゃうッ、おじさんのレイプヤバすぎてもうほんとヤバいぃッ……！」

語彙力を失いながらも、潤んだ目と半開きの口で求めてくる。

「ツバ飲め、ナスカ……！」

呼び捨てにすると彼女の表情がひときわ強く輝いた。

「飲むぅ……ちょうらい、おじひゃんっ」

「そら、飲めっ！」

康男はペッと唾液を吐き捨てた。狙いたがわずナスカの口腔に着弾。

たちまち幼穴が狂おしくざわついた。

「あっ、ぁヘッ、へぁあああッ……！　イッくぅううッ！」

エクスタシーの渦中でナスカのかかとが康男の腰に食いこむ。その痛みが攻撃的な衝動をかきたてた。

「勝手にイッて悪い子だね！　かわいいドスケベちゃんには折檻だッ！」

「ぉおッ、待っヘッ、いまらめっ、死んじゃうッ、死んりゃうううううッ！」

全力で突いた。

ハメ潰した。

子宮口をぶちのめした。

どちゅんッ！　どちゅんッ！　どちゅんッ！

と、アパートが揺れるほど激しく。

「いぃイッ、イッぐ！　イグッ！　いぎながらイグッ！　ぉへぇええッ！」

絶頂に次ぐ絶頂でナスカの声がひしゃげていく。窓際で後ろから犯したときと同じ、子どもらしからぬ淫声だった。

しかし康男も忍耐しきれない。

名器と化した子ども穴の痙攣で暴れん棒も限界化している。

(最後にカメラ位置を変えないと……!)

男のプライドにかけて、スマホを背後に設置した。激しく穿《うが》ちまわる結合部を記録に残すためである。

「俺もイクぞ、ナスカ……! 愛してるぞ、ナスカッ!」

「きてっ、きでッ、おじさんのせーしぃ……! 中出し好きぃいいッ!」

最後にもう一度、ふたりはとびきり深くキスをした。

思いきり抱きしめあった。

康男は雄叫びをあげ、渾身の突きこみを叩きこんだ。

いまだ大人の機能が開花していない子宮を、思いきり押しつぶす。

「あへぇえええええぇぇえ――――~~ッ!」

間抜けなほどに歪んだ悦声がほとばしり、秘穴がこれでもかと窄まった。男根を搾りつくすための本能的絶頂反応だ。

康男の快楽が噴出した。

灼熱の黄ばみ汁が砲弾のごとく子宮口を打つ。へばりつく。びゅうーッ、びゅるるうぅーッ、と何度も出る。出すたびに脳が白んでブタのような尻が弾む。

「おぉお、おっ、ほッ、気持ちいいッ……！」

「うれしいぃ……！　おじさん、いっしょに気持ちよくなろッ……！　んへっ、はおッ、おへぇえええッ……！　またイグッ、おンッ、おんンッ、ぉおおおッ……！」

ふたりして長々と絶頂に狂った。

くり返しディープキスをして、互いの体液に溺れた。

その様子をスマートフォンは撮影していた。ウサギの口じみた小穴を大人の剛直が貫き、痙攣しながら体液を注ぐ様を。

やがて秘宮の容量をこえた白濁がどぷりとあふれる様も。

心地よさげなうめき声すらも。

「んッ、あぁ、はぁ、はあっ……おじさぁん」

「ふぅ、ふぅ、ナスカちゃん……」

「オミくんみたいに一回で終わらないよね？」

「……もちろんだとも！」

本当は顔射も含めて二回目だが、康男は力強く豪語した。

大人の強さを見せつけるまで終われなかった。


先にへばったのはナスカだった。大人の面目躍如である。

(あと一回やれって言われたら危なかった)

最終的に康男は五回射精した。さすがにこれ以上は出せないし、勃つ気もしない。

布団に片膝を立てて深くうつむき、深く深く吐息をこぼす。

「ねえ、おじさん……」

ナスカはうつぶせのまま、子猫のように甘く媚びる声だった。

「動画撮ったんだよね？」

「うん、ぜんぶ撮ったよ。ナスカちゃんが嫌なら消すけど……」

「なんで消すの？　アイツに送りつけるんでしょ？」

「オミくんに……？　さすがにマズイでしょ」

「思い知らせてやろうよぉ。ナスカをフッたこと後悔させてやろうよぉ」

「いやいや、ダメに決まってるだろ！」

「なんで？　通報されたら逮捕されるから？」

「逮捕されるからだよ！」

ようやくナスカを堕としたのに、いまさら警察のお世話にはなりたくない。刑務所に入ったら、もう二度と女児セックスができないのだ。

ナスカはくすりと笑う。

「……いまさらなに言ってんの、せーはんざいしゃのブタおじさん」

切れあがった目尻に瞳を寄せて流し目をしていた。

大人を小馬鹿にする、小悪魔の目つき。

「こどもレイプの変態犯罪者」

「それは、そうなんだが……でも、しかし」

しどろもどろになる康男であったが、次の瞬間、言葉を失う。

身を起こしたナスカに抱きつかれ、唇を塞がれたのだ。

唇を食《は》むだけの優しいキスがつづく。

やがて離れると、彼女は悪戯っぽくウインクをした。

「ナスカのことたくさん可愛がってくれないと、通報しちゃうからね？」

ふたりの関係はまだまだ続いていくようだ。

第五章　青き果実の未熟な穴

　スナオはその名のとおり素直な女の子だとだれもが言う。

　親や教師の言うことをよく聞き、友だちと争うこともない。

　裕福な家庭で愛情を注がれ、なに不自由なく育ったのが吉と出た。おっとりした気質も愛らしい外見と相まって、周囲に好まれる長所となっていた。

　好きなものはスフレチーズケーキとじぇるQ。

　得意科目は国語と社会と理科。算数は苦手。体育は好きではないが、運動神経は悪くない。体は柔らかいし体力もある。ただ、単純な腕力や動体視力はあまりよくなくて、球技は苦手だった。

　尊敬しているのは姉のナスカ。

「パパとママは好き……でも、なりたいのは、おねえちゃんです」

学校でも公言していた。

オシャレでかわいくて優しい、ナスカおねえちゃん。

ゲームも達者。スナオが進めない難所を簡単に攻略してくれる。

スナオが知らない楽しいことをたくさん教えてくれる。

頼りになるカッコイイお姉ちゃんでもあった。

だから、両親が喧嘩をしているときは姉にすがりつくのだ。抱きついたらギュッと抱きしめ返してくれる。頭を撫でて慰めてくれる。

「怖くないよ、だいじょうぶ。じぇるQ見よう?」

ナスカといっしょにじぇるQを見ていれば恐怖も忘れられた。

それでも恐怖が勝るときは、おねだりするのだ。

「あれしたい……おねえちゃん、あれして」

スナオの上目遣いには特別な力があった。ぱっちりしたまん丸お目々で見あげると、たいていの年長者は態度が甘くなる。

逆にナスカは見下ろす視線に特別な力がある。細めた目と薄い笑みが、スナオにはとてもかっこよく見えるのだ。

「そう、あれしたいんだ……じゃ、絶対ぜーったいナイショだよ?」

「うん……スナオとおねえちゃんのヒミツ」

スナオは素直なので約束は絶対に守る。

相手が姉であればなおのこと、父にも母にも話さない。

「いいよ、スナオ。ふたりでこっそり愉しいことしようね……」

ふたりのヒミツに少女の胸がときめいた。


くり返すが、スナオは姉のことが大好きである。

姉が部屋にやってくるだけでワクワクする。

「すーなお、今日はいいもの持ってきたよ」

抱きしめられた。それだけで幸せを感じられる。

「またヒミツのプレゼント？」

「そうだね、パパとママにもナイショのプレゼント」

姉はときどきプレゼントを買ってくれる。親からもらったお小遣いでなく配信で稼いだお金を使って。そういうところもカッコイイ。

これまでのプレゼントはすべて大事に保管している。保管場所は学習机の一番下の抽斗《ひきだし》を外したところ。抽斗と床のあいだに隙間があって、そこなら父母にも見つからないとのことだ。

(見つかったら怒られちゃう……ドキドキする)

スナオは素直ないい子だが、人並みにスリルを楽しむ心も持ちあわせていた。

「今日のプレゼントはいつもとちょっと違うの。スマホで見せてあげる」

「スマホ？　ゲーム？　動画？」

「動画。見てて、すっごいやつだから」

姉妹並んでベッドに腰を下ろし、壁に背を預ける。

姉はスマホにイヤホンを挿し、スナオの耳につけてくれた。さりげない気遣いができるおねえちゃんはやっぱりカッコイイと思う。

姉の指が液晶画面を滑り、トンと叩いた。

動画がはじまった。

獣のような声が聞こえてくる。

「これ、なに……？　なんか、もぞもぞしてる……」

画面の中では肉の塊が動いていた。

よく見てみれば人の形をしている。

裸の男だ。太っている。年齢は父親と同じぐらいだろうか。

「……ブタのおじさん？」

父の弁当屋で働いている、みじめなろうどうしゃ、というやつだ。なにがみじめなのか、なにが悪いのかはよくわからない。ただ、ブタさんは案外かわいいし、食べるとおいしいから、スナオは好きだった。

ブタおじさんはなにかを抱きしめ、腰をせっせと振っている。

腰振りにあわせて獣の鳴き声が聞こえていた。ブタの声ではない。本能的だが男の声よりもっと高くて、愛らしくて、聞いてるとソワソワする。

「……あ。これ、あのときの声？」

「よくわかったね、スナオ。そうだよ、スナオも大好きなあれの声」

下腹がむずむずして、スナオは内腿を擦りあわせた。

「よく見なさい、スナオ。おじさんが抱きしめてるのがなんなのか……」

言われたとおり目を凝らして、むむむっと見つめてみる。

手足が見えた。ブタおじさんにくらべると枯れ枝のように細い四肢。腰振りのたびにビクビクと震え、ブタおじさんにすがりつく。

人間だ。それも女の子。

スナオよりすこし大きいけれど、たぶんまだ子どもだろう。

仰向けの女の子に、ブタおじさんがのしかかっていた。股で股を殴りつけるような腰振りに、スナオは思わず顔をしかめる。

「ブタおじさんが、女の子をいじめてるの……？」

「いじめと言えばいじめかなぁ。でもこの子、嫌がってると思う？」

「……違うと思う。だって、この声、あのときの声だし」

「さすがスナオ。頭がよくていい子だね」

ハグからの頬ずりを受けて、スナオはえへへとはにかみ笑いをした。

あのときの声であれば、重要なのは脚のあいだ。

(お股のとこ、触ってる……？)

あらためて確認してみれば、女の子の股に棒状のものが出入りしていた。幼い股穴に対して凶器じみたサイズだが、紛れもなく人間の皮膚の色をしている。

男の股から伸びている角のような身体器官だった。

「おち×ちん……？」

名前は浮かんできたが、なぜそんなことになってるのかわからない。

おち×ちんは男のひとの股にぶらさがっているもの。男の子がおしっこをするためのホース。お調子者がクラスでぶらぶらさせて先生に叱られていた。

でも、こんなに大きくて強そうなおち×ちんは見たことがない。

「わぁ……ぶっといね、このおち×ちん」

「こういうぶっとくてたくましい大人のち×ちんは、おち×ぽって言うんだよ」

「おち×ぽ……ふふ、おもしろい」

「スナオもすぐにわかるよ。大人のおち×ぽってものすごいんだから」

名前の響きは面白いが、ものすごいことは見ればわかる。

スナオの手首ぐらい太くて、反り返っていて、血管がたくさん浮かんでいるからデコボコして見えて。

こんなものを、股の穴に入れてしまったら。

こんなにも激しく、出し入れされてしまったら。

「すっごくきもちよさそうだね、おねえちゃん」

無邪気に羨む妹を、姉はさもうれしげに撫でまわした。

「そうだね、すっごくきもちよかったよ……このとき何回イッちゃったのか、私ぜんぜん数えらんなくなってたし」

「ふむ、ふむ。そんなに。すごい!」

やはり無邪気に感心するが、ふとスナオは目をぱちくりさせた。

動画と姉の顔を交互に見て、「おー」とまた感心。

「これ、おねえちゃん？」

「びっくりした？」

「うん、すっごく！　おねえちゃんはブタのおじさんのおち×ちん……おち×ぽで遊んでるんだね！」

スナオには想像もつかないことだった。男のモノをそんなふうに使うなんて。

「めっちゃえろいでしょ？」

「うん！　おねえちゃんの声、超えろい！」

獣の声が姉のあげるものだと思うと、無性に胸がざわついた。

「お股、むずむずしない？」

「するーっ！　ものすっごくむずむずーっ」

「じゃ、これ使う？」

いつの間にか姉は学習机の下からヒミツのプレゼントを取り出していた。

ピンク色の、二股の棒。

「……いま、使ってもいいの？」

「だいじょうぶだよ。パパもママもいないから」

「えへへ……じゃ、使うね」

スナオは白いワンピースの下から白の子ども用パンツを脱ぎ捨てた。小柄な下肢を開き、ぴったり閉じた割れ目にナイショのオモチャをあてがう。柔く綻んだ入り口を先端でこすれば、さっそく湿った音が鳴った。

「あは、きもちいい……あまい」

股がじんわり痺れる感覚を、スナオは甘いと表現している。

姉が教えてくれたヒミツの遊び。

アソコを指やオモチャでいじって、蜂蜜のように甘くとろとろにする。

「おま×こ、あまい……おいしい……あは」

とろとろが増してきたところで、ピンク棒を挿入しはじめた。太さはスナオの指三本分ほど。糸が入るかも疑問な極小の窄まりに、ぷつ、ぷちゅ、と潜りこんでいく。

甘さが増して、まんまるほっぺと小さな唇が愉悦に震えた。

「あぁ、あまいの、すき……おま×こ、あまいの、すき……」

うっとりと呟くころには、ピンク棒が半分以上も入っていた。根元で分かれた短めの頭が幼スジ上端の豆粒に当たる。それだけで甘みが弾けた。

「あっ。くりちゃん、いい……スイッチ入れたい……」

スナオは物欲しげな上目遣いで姉を見あげた。

姉は頭をよしよしと撫で、にっこり笑う。

「かわいいね、スナオ。半年でこんなに入るようになって、すっごくえっち」

「ん……えっちかな？」

「すっごくえっち……かわいい」

「えへへ、うれしい」

一番最初は小指より細いボールペンを勧められた。それでも痛かったので、クリトリスを丹念にいじって穴を濡らした。

徐々に入るようになり、甘みを覚えた。

もっと甘さを味わいたくて、すこしずつ太いものを入れるようになった。

「スイッチ入れてもいいよ、スナオ。もっとえっちになろうね」

「ん、なる……おねえちゃんと同じぐらい、えっちになる」

ピンク棒のスイッチを入れた。

ブブブ、と蜂のような音を立てて棒が震える。クリトリスも幼穴も高速振動で刺激され、濃厚な甘みに染まった。

「あー、あー、あー、あまい、あまいぃ、これ好きぃ、あー」

「かわいい……おま×こいじってるスナオかわいい、えっちすぎ」

えっちという言葉はよくわからない。女の子にやたらと触ったり、女の子のパンツや裸に興味がある男子が、周囲からえっちと呼ばれる。

(スナオはべつに女の子のはだかんぼとか見たくないけど)

例外として、動画でよがる姉の裸はきれいだと思う。

お股にぶっとい男根をねじこまれて甘ったるい声をあげる姉が素敵だと思う。

自分もそんなふうに素敵になりたかった。

「あー、あー、おねえちゃん、おねえちゃん……」

「なあに、スナオ?」

「ブタのおじさんのおち×ぽ、あまい?」

純粋無垢な問いかけに、姉は満面の笑みを浮かべた。

「めっちゃくちゃ甘いよ……もうおち×ぽなしじゃ生きていけない」

「そんなに」

「うん!」

遠い目で頬を赤らめる顔がきれいだった。先日までは恋人の話をすると決まってこういう顔をしていた。

「スナオも想像してみよ。おじさんのおち×ぽ入ってるところ」

「ん……こんなおっきいの、入るかな？」

「きっと入るよ。スナオ、顔も体もプニプニで柔らかいもん」

たしかに頬はプニプニだが太っているわけではない。年齢相応に顔の輪郭が柔らかく、頬も丸みを帯びているだけだ。姉ほど脚は長くないし、ちんちくりんだけれど、関節の柔らかさには自信がある。

秘処もほぐせばほぐすほど柔らかくなった。

ピンク棒を激しく出し入れしても、引っかかる感覚はほぼない。

ぢゅぽぢゅぽと水音を立てて摩擦すれば、粘膜がたくさん甘くなる。

「あー、あっ、あっ、あー、あーっ、あーッ、あぁ……！」

ピリピリと炭酸のように刺激的な甘みが股から広がっていく。腰、腹、脚、胸、腕、そして頭に。

ぱあっと思考が白くなった。

なにも考えられない世界で、甘みの最高潮に身を震わせる。

「はあっ、あーッ……！」

「こーら、ダメでしょ？　頭白くなったらなんて言うか教えたよね？」

「んっ、うー、はい……イク、おま×こイクっ」

「かわいい、スナオかわいい」

姉はほっぺに何度もちゅーをくれた。

イッている最中は考えがまとまらないが、姉のちゅーは大好きだ。

動画では姉とブタおじさんがちゅーをしている。唇をつけるだけでなく、舌と舌でなめあっている。

「べろべろちゅー、たのしいの？」

「すっごいよ。大人の世界って感じ。頭んなか溶けちゃう」

「イクの？」

「イキそうになっちゃう。すっごく甘いんだからね」

「そうなんだ、べろべろちゅー……ん、あっ、また、甘くなってきた」

振動しっぱなしのピンク棒に、スナオはまたイカされた。

「あーっ、あぁああーっ……！」

かかとでベッドを圧迫し、後頭部で壁を擦る。体がこわばって自然とそんな体勢になっていた。小さな体で精いっぱいエクスタシーを味わうための体勢である。

愛らしくも背徳的で魅惑的な姿だった。スナオ自身はそのことに気づいていない。

客観的に見ることができるのは姉のナスカと、もうひとり。

「ね、スナオ……べろべろちゅーしたい？」

「したい……」

なにも考えずに答えた。動画の姉が夢中でキスをしていたから。

「じゃ、させてあげるね。おじさん、入ってきていいよ」

「はい、失礼しますよ」

ドアを開けてブタおじさんが入ってきた。

スナオの頭にハテナマークが浮かぶ。

「この子がおじさんとキスしたいんだって」

「こんにちは、スナオちゃん。おじさんとキスしようね」

「……なんで？」

てっきり姉妹でべろべろちゅーをすると思ったのだが。

「私よりおじさんのほうがキスうまいからね」

「そうなの？」

「マジでヤバいんだから。スナオも楽しんでね」

「ん、わかった」

スナオは深く考えなかった。

姉の言うことなら間違いないと信じているから。

純朴《じゅんぼく》な目でブタおじさんを見あげ、えへ、と無邪気に笑う。

「ブタの、おじさん、スナオにちゅーしてください」


ナスカは康男に言った。

妹のスナオに八つ当たりでひどいことをしてしまった、と。

「嫌いなわけじゃないんだよ。スナオは好きだよ。でも、パパとママは、自分たちがうまくいかないのを私のせいだと思ってるっぽくて……私だけ邪魔者扱いされてるのに、スナオはきれいなままちやほやされて……」

ついつい過《あやま》ちを犯してしまったのだという。

スナオも自分と同じように「悪い子」になってしまえばいいと。

妹だけでも自分と同じ場所にいてほしいと。

「いけないことだから、よけいにスナオと共有したかったんだと思う」

そして彼女は暗く卑屈に笑った。

「おじさん……スナオも私と同じにしちゃおうよ」

康男としても危機感がないわけではない。

あまりに外道がすぎる。

ナスカ相手でも鬼畜の所業であったが、スナオはさらにふたつ年下だ。

ナスカは乳尻が薄く手足が長い中性的な体型だった。学年平均より背はすこし低いらしいが、ファッションセンスや表情の作り方が大人っぽい。

対してスナオは性徴がいっさい見られない。

中性以前の「子ども」である。

背丈からして姉よりひとまわり小さい。ほっぺや手足などあちこちに赤ん坊のようなぷにぷに感が残っている。おっとりした表情も年齢以上にあどけない。

なのに、開かれた股にはバイブが刺さっていた。

ちょっとした大人用のサイズである。

(かなり慣れてる……体質もあるんだろうけど、よっぽど回数こなしてるのか？)

子どもだから自制心が足りないのか、姉への憧れが暴走したのか。

どちらにしろ、目の前にある光景がすべてだ。

ぷにりとあどけない太もものあいだに、淫具がねじこまれている。たっぷり漏れた愛液がてらてら輝いている。幼い少女だからこそギャップがすさまじく大きい。男の本能を混乱させ、不意打ちのように勃起を促す。

「ブタの、おじさん、スナオにちゅーしてください」

表情こそぼんやり愛らしいが、潤んだ目には年齢不相応な粘りがあった。姉とよく似た、快楽を求める牝の本能だ。

「そうだね、大人のキスを教えてあげるよ」

康男がベッドに座るとマットが沈み、反動でスナオがポンと弾んだ。体重がおそろしく軽い。肩を抱き寄せると、ナスカ以上に骨格が華奢だった。すこし力を入れれば豆腐のように砕けてしまうのではないか。

ちらりとナスカを見れば、親指を立てて先を促《うなが》してきた。スマホを構えて録画する気満々。またひとつ犯罪記録ができてしまうと康男は内心苦笑した。

「お口あーんして」

「あーん」

「ベロも出そうか」

「れぉー」

名前のとおり素直にさらされた粘膜は綺麗なピンク色。歯も真っ白。きっと親の言いつけを守って律儀《りちぎ》に歯磨きをしてきたのだろう。

まわりに愛され、期待にたがわぬいい子でありつづけた少女がいた。

(こんな子を穢せって言うのか)

首と腕に鳥肌が立つ。

最悪の行為はガソリンのように揮発し、興奮の炎で着火した。

「じゃあ、ブタおじさんとえろいキスしようね――ちゅろっ」

いきなり舌に舌を当ててみた。我慢ができなかった。

砂糖の塊のような甘さに舌が浮く。自然と動きだす。女児の口を犯すために。

ねっとりと舌を転がせば、自然と唇や口内にまで舌が届いた。それほどまでに造りが小さいし、どこをなめても味覚に甘みを感じる。

「お、ん、んー、おー、おー」

スナオは目を丸くしていた。未知の感触に驚いているようだが、嫌悪感はなさそうだ。顔を逸らすことも舌を引っこめることもない。むしろすこしずつ舌を動かし、なめ返してくる。

いや――それ以上に如実《にょじつ》なのは、股ぐらの振動音が大きくなったことだ。

「へー、スナオってばキスしながらバイブ強にしちゃうんだ？」

「らって、べろべろちゅー、あまいから……あっ、あー、あーっ」

貪欲《どんよく》に快楽を求めているのに、喘ぎ声はまだまだたどたどしい。そのギャップにますます「子どもを穢している」という実感が強くなった。

(もっと、もっと味わいたい……!)

康男は口舌を使ってスナオの粘膜を貪《むさぼ》ったが、まだ足りない。

膨れあがった獣欲に見あわない。

焦りを隠せない手つきでベルトを外し、ファスナーを降ろす。ためらいなくトランクスから逸物を取り出した。

スナオの手をつかむ。上品な和菓子のように小さく、柔らかい。子どもらしいすべすべの手を、痛いほど屹立した男根にあてがう。

「ね、スナオ。おち×ぽにぎにぎしてみて」

「あう、わかっひゃ……ん、んー」

ナスカに言われるまま、スナオは両手で肉茎をつかんだ。力をこめて握り、ゆるめ、また握り、ゆるめる。頼りない握力で一所懸命しているところが健気《けなげ》でいたましい。

どれほど淫らな行為をしているかわかっていないのだろう。

「れろれろ、ちゅっちゅ、ちゅうー……んー、あっ、あはっ、あまい……」

あるいは、お礼のつもりだろうか。

口舌への刺激は股ぐらの快感を何倍にも強める。気持ちよくしてくれてありがとう、という素直な意志が手のひらから感じられた——かもしれない。

「ね、すっごくいい子でしょ？　パパにもすっごく可愛がられてるからね」

おそらくナスカはこう言いたいのだろう。

——憎いいじめっ子の大切なものをブチ壊すチャンスだよ。

はたして釣りあいの取れる復讐だろうか。

世間的には子どもを巻きこんだ時点で康男のほうが極悪な外道と見なされる。

（だとしても、知ったことか）

もう後戻りはできない。

康男は知ってしまったのだ。未成熟なロリータを穢す悦びを。

復讐心すらスパイスに変えてしまう強烈な快感を。

「ちゅぱちゅぱ、れろぉ……ふぅ、ふぅ、スナオちゃん、キスは気に入った？」

「んぉ、おぅ……ん、はい。べろべろちゅー、あまくて、すき……」

「もっともっと甘いことしたくない？」

「してくれるの？　えへへ、もっともっと甘いこと……したいなぁ」

まるでクリスマスプレゼントを期待するような笑み。そんな無邪気な口元と、卑猥な笑みを浮かべる康男の口元が、唾液の糸でつながっていた。

「おじさんの膝に座ろうか。ほら、おいで」

「はーい、失礼しまーす」

スナオはお行儀よく康男の膝に座った。ベッドの外からスマホを構えている姉と向きあい、はにかみ笑いを浮かべる。

「えへへ……おねえちゃん、ブタのおじさんいいひとだね」

「でしょ。キス上手《じょうず》だし、もっと気持ちいいことしてくれるし」

「やっぱり……ずぼずぼしちゃうのかな、えへ、えへへ」

存外、状況を把握しているらしい。すくなくとも、それが快楽をもたらす行為だと理解し、期待を寄せている。嫌がる様子はない。

(しかし本当に入るのかな……?)

いくら慣らしていると言っても元がキッズサイズである。ナスカとくらべても格段に小さい。いくら馬垣の娘とはいえ、怪我をさせるのは気が引ける。

康男がためらっているうちに、スナオはバイブを抜こうと手に力をこめた。

「んっ、んーッ……あんっ」

きゅぽん、とシャンパンの栓を抜くような音とともにバイブが解放された。よほどキツく締めつけていたのだろう。ますます入る気がしない——が。

バイブと幼裂は何本もの液糸でつながっていた。

さきほどのキスに負けない汁だく加減だ。

「ね、この子すごいでしょ？　えっちの天才なのかも」

「えへへ、スナオ、天才さん……ブタのおじさん、スナオすごい？」

「う、うん、すごいね。それじゃあ、自分で入れられるかな？」

とりあえず本人に加減を任せることにした。

腕をつかんで軽々と持ちあげ、勃起した赤銅《しゃくどう》色の上に据える。

するとスナオは自主的に男根をつかみ、割れ目に角度をあわせた。

「ん、ん、おち×ぽ、こうして、んーしょ、と……お股で、ちゅー、あはは っ」

入り口でくちゅくちゅと重ねあわせて遊びだす。

無邪気で、愛らしくて、だからこそ醸し出せる不思議な淫靡さがあった。

「んっ、んふっ、あったかい、えへ、はぁ、あんっ」

「気持ちいいのかい、スナオちゃん」

「あまい！　おち×ぽってすっごくあまいね、おじさん」

「入れたらもっと甘いよ」

言ってしまった。自分のことはずっと最低だと思っているが、底値をどんどん更新している。まだまだ止まりそうにない。

「入るかなぁ。入れたいなぁ。おち×ぽ、おま×こに入れたい……んっ」

スナオは自分の腰とペニスの角度を変えて挿入を試《こころ》みた。康男もほんのすこし彼女を降ろして様子を見る。

ぐぷ、ぷ、と先端が埋もれた。

「お、入るか？」

「んー、入りそうかも……えへ、ほかほか。たのしい……ん、んっ、ふぅ」

すこしずつ、わずかずつ、挿入が深まっていく。

焦れったいけれど、処女であれば本来これぐらいが普通なのだろう。

(そうか……ナスカと違ってスナオちゃんはいちおう処女なんだ)

いくらオモチャで広げていようと、彼女の内側はいまだ男を受け入れていない。純潔である。新雪を汚すような快楽があった。

「んーっ……おち×ぽ、広がってて、たいへん……！」

エラの部分が難所だった。広がっているのでどうしても引っかかってしまう。

ただただ愛液だけがこぼれて肉棒を伝っていく。

「がんばれ、スナオちゃん。もうちょっとでセックスだよ、ほらがんばれ」

呼びかけながら、康男はスナオの髪に鼻を埋《うず》めた。甘いものを好む少女の頭皮はミルクのように甘い匂いがする。子どもの体臭だ。せっかくなのでたっぷり吸った。処女の体臭はいまこの瞬間しか嗅げないのだから。

「ファイト、スナオ！　私といっしょの大人のおま×こになろ！」

「んーっ、がんばる……！　んーっ！　んむーッ！」

スナオは精いっぱい息んで腰に力を入れた。

ぱぐッ！

かつて聞いたことのない、愛らしくも惨い音がした。

亀頭が灼熱感に包まれ、康男の手のなかで小さな体が震えあがる。

「お、入ったぁ……！　スナオちゃん、がんばったね！」

「お、お、おー……お、入っ、んっ、おっ？　おー、おぉっ、ぉおおおッ……」

スナオはわけがわからないと言った様子でうなっている。

うなりながら痙攣し、ふいにのけぞり返った。

「おーっ」

「うっわ、締めつけてくるッ……！　スナオちゃんイッてる……！」

亀頭が強烈に圧搾されている。痛みを感じる寸前のギリギリの快感だった。

「うわぁ、アヘ顔！　スナオがアヘッてる！　きゃはッ、かわいーっ！」

「あ、あへ、がお？　あっ、おっ、おぉおおッ……！　お！」

収まったかと思えば、またのけぞってペニスを圧搾《あっさく》。

何度も同じことをくり返す。

康男は歯を食いしばって刺激を受けとめた。ただ耐えるだけでなくスナオの顔を斜め上から覗きこむ。

ぱっちした目もちいちゃな唇も半開きだった。快楽が顔の神経まで冒《おか》し、表情筋をたるませている。それでもなお天使の可憐さは健在だ。

とろりとこぼれるヨダレまで可愛らしい。

「スナオちゃん、上向いて。おじさんとキスしようね」

「きす？　好きぃ、きすぅ……！」

ふたりは唇を重ね、舌を絡め、甘い感触をたっぷり味わった。

すると、わずかながら幼穴に余裕ができた。隙間が空くわけではないが、締めつけがほんのりゆるんだのだ。

亀頭だけでいっぱいいっぱいの小壺だが、どうにか動けるかもしれない。

「ちょっと動いてみようか」

ピストン運動は難しいので、試しに腰をねじってみた。

「あッ、あンッ」

おっとり女児にしてはキレのある喘ぎが飛んだ。痛快な手応えだ。

肉棒で円運動をするうちに、スナオの腰も引きずられるようによじれだす。

「あんっ、はあっ、おち×ぽっ、すごいっ、あまいっ……！」

「おじさんのおち×ぽ好きになってくれた？」

「うんっ、はいッ、好きっ、すきですっ、でっかいおち×ぽ甘くてすきっ」

「ありがとう、俺もスナオちゃんのちびっこま×こ大好きだよ」

スナオは康男の四分の一も生きていない。骨盤はわずかほども育っておらず、膣襞もろくにできていない。純真無垢なるツルツル穴だが、狭さと熱さで引っかかりのなさを補っていた。

いや――ぢゅぽんっとうっかり抜ける瞬間、亀頭に強烈な摩擦を感じた。

「んおっ、おーっ！」

康男以上にスナオが四肢を震わせ感悦していた。

また挿入し、すぐさま引き抜けば、やはり幼い体が痙攣する。

ぢゅぽんっ、ぢゅぽんっ、と康男は何度も引き抜いた。そのたびに自身の快楽以上に、愛らしい反応を愉しめた。

「あう、んーッ、おっ、おあっ、あーっ……！　おじ、さん……！」

懸命に上を向いて、小さな舌を伸ばしてくる。

もちろんキスをした。

キスをしながら入れては抜き、入れては抜く。

スナオからも舌を絡めようとしてくるが、動きはまだまだつたないものだ。それがかえっていい。子どもが背伸びして大人のキスをしようとしているのだ。可愛らしくていやらしくて、興奮が止まらない。

「おじさん、これ使ってみて。スナオも大好きなオモチャだから」

「あ、タマゴちゃん……それすきぃ、えへへ」

ナスカが手渡してきたのは、ピンク色の卵だった。柔軟なシリコン製で、真ん中よりすこし上に穴が空いている。穴のサイズは小指より小さい。

「なるほど、たぶんクリトリス用だな」

「そうそう、さっすが鬼畜変態おじさん」

康男はいったん左腕一本でスナオの胸を抱《かか》えた。空いた右手でタマゴを受けとり、スナオの股に押しつける。穴でクリトリスを捕らえるかたちだ。

タマゴを指で軽くへこませてみる。

「あおっ！」

腕の中で華奢な体が大きく跳ねた。

「あはっ、あまぁい……！　くりちゃん、あまくなっちゃう、んーっ」

幸せそうなので、何度もタマゴを握ってみた。

「あっ、おっ、おんッ、おーっ……！　あまいっ、あまいぃ……！」

タマゴの穴には小型の舌状突起が複数ついている。タマゴを握ると突起が動いてクリトリスを刺激する仕組みだ。うまくすれば真空状態で吸着し、より強い刺激を与えられる。

「こんなエグいオモチャ渡すとか、ひどいおねえちゃんだな」

「だってぇ、スナオがこんなに可愛いのが悪いんだもん」

ナスカは陶然と妹の痴態を眺めていた。

本来は彼女もいい姉なのだろう。けれど、親の愛情に疑問を抱いたとき妹への嫉妬が生まれてしまった。嫉妬が姉妹愛を歪めてしまった。

(なら、ぜんぶ馬垣が悪い)

康男は責任転嫁をしながらタマゴを使い、腰を振った。今度は縦振りである。円運動でほどよくほぐれて、亀頭の下まで幼裂に入るようになっていた。

「わ、スナオすっごい! おち×ぽ半分ぐらい入ってる!」

「ほ、ほんと? んっ、あっ、お腹ズンズンきてるっ、あぁあッ……!」

「おー、気持ちいいっ、深いとハメてる感あって燃える……!」

三者三様に声を高めていく。さいわい家には子どもたちしかいない。父はいまごろ仕事でてんやわんやだろう。ひそかに積み重なっていた赤字がそろそろ爆発するころあいだと店長も言っていた。母も浮気バレ以降、開き直って恋人との逢瀬を愉しんでいる。子どもはほったらかしである。

(わかるか、馬垣? おまえが地獄に堕ちてる最中、俺はおまえのかわいい娘のおま×こを好き放題ハメ倒してるんだぞ)

たまらなかった。

ざまあみろだった。

人生がなにもかも報われた気分だ。

腰が弾む。突きあげる。何度も何度も抽送する。

ベッドの弾力を借りてスナオをハメまくる。

「はー、あーっ、すっごい、あまいッ、すきっ、ブタのおじさんすきぃ……！」

スナオはすっかりセックスとブタおじさんに夢中だった。自分がどれほど惨い目に遭っているか無自覚で、ただただ快楽に溺れていく。柔く小さなスベスベの股は泡液にまみれておもらしじみていた。

「いいよ、スナオ、もっとえろくなろ。ブタおじさんのものになろ」

ナスカは妹の惨状を見て、おそろしく艶美に笑っていた。目に浮かんだ涙は後悔の証《あかし》かもしれないが、口にする言葉は凌辱の肯定だ。

「そろそろ中出しかな？　するよね？　ドピュドピュしちゃうよね？」

目ざといと言うべきか、男根はクライマックスの衝動に震えだしていた。

「んおっ、おんッ、んぅ……どぴゅ、どぴゅ？　なぁに、それ？」

「すっごく甘いのがおち×ぽから出るんだよ」

「えー、すっごく甘いの？　それ、ほしい……あぁ、あまいの出して、おじさん出して、どぴゅどぴゅほしい、おじさん、おじさん……！」

スナオは濡れた瞳で鬼畜を見あげた。

康男は被害児童の口を貪り、幼穴をえぐりまわし、陰核をいじり倒してから、ようやく粘っこいキスを解いた。

「どぴゅどぴゅしてほしかったら、パパよりち×ぽが好きって言って」

「えっ、んえっ、えぇ……？　でも、パパすきだし……」

「言わないと甘いの出してあげない」

意地悪を言うとスナオは切なげに眉を垂らした。

親を想う子の愛情はやはり強いのか——と、康男が思った直後。

「パパより、あっ、んーっ、おち×ぽが好きぃ……！」

あっさりと父を見捨てる。

深く考えていないだけだろうが、幼さゆえの残酷さに笑えてきた。

「こっち見て、スナオ！　カメラ目線で言ってみようよ、かわいく笑って！」

ナスカが追い撃ちをかけてくる。

姉のことが大好きな妹は、素直にスマホ目線で笑顔を浮かべた。

ここぞとばかりに康男がラストスパートをかける。幼い腹を突き壊さんばかりの上下動に、スナオの笑顔が泣き顔じみて崩壊した。

「えうッ、あぇええッ……！　ご、ごめんなさい、パパ……！　んっ、おっ、おーッ、スナオ、パパよりブタのおじさんのおち×ぽッ、おち×ぽが、好きぃ……！」

あどけない屈従宣言に康男は爆発した。

後ろからスナオを抱き潰し、逃げ場をなくして射精する。絶頂が稲妻となって尿道から飛び出すような衝撃だった。熱くて、痺れて、腰が弾んで止まらない。

直撃を受けたスナオもまた、その場で未曾有《みぞう》の絶頂に達する。

「おお、おーっ？　お、お、お、おぉ……んんぉぉおおおッ、おッ！」

哀れなほど獣じみた悦声だった。

四肢を硬直させ、腹を屈伸させるように胴震いする。腹全体を使って男根を搾りつくす動きだ。締めつけ、揉みこみ、擦り潰す。

大量の粘り気を膣奥に感じると、いとけない体にまた震動が起きる。

「あー、スナオえろすぎ……もうこんな顔できちゃうんだぁ」

ナスカはスマホ越しの妹に見とれていた。

白目を剝く寸前の顔には独特の淫靡さがある。それが幼子のする表情であれば背徳感と愛らしさまで加わる。康男がナスカに感じていた複雑な感情を、今度はナスカが妹に感じている。

「どうかな、スナオちゃん。気に入ってくれた？」

康男は問いかけた。まだ射精も終わっていないが、だからこそ包み隠すことのない本音を聞ける気がした。ぴゅっぴゅと中出ししながら、耳を優しく嚙んで、「ねえ、どうなの」と促《うなが》す。

「ん、ぉお、おぉお……？」

スナオははじめての射精に酔い痴れながら、おっとりと頬をゆるめた。

「もっとしたい……」

震える手で康男の肉づいた顔を撫でてくる。

「おち×ぽ、甘いの、どぴゅどぴゅ、ほしい……ブタのおじさん、おねがい」

男の股に力を与えるには充分の誘惑である。

康男がナスカに目配せをすると首肯《しゅこう》が返ってきた。

姉の許可を得て、妹をベッドに寝かせる。

それでも収まりきらない精子がぶびゅぶびゅと逆流し、その過程で逸物が抜けないよう留意する。ベッドを汚していた。

「今日はここでたくさんパコパコしてあげるからね」

「よかったね、スナオ。甘〜いやつ、い〜っぱい愉しめるよ」

「うん、うれしい……おねえちゃんも、ブタのおじさんも、大好き」

地獄めいた享楽はつづいていく。

馬垣家はもうおしまいだった。

第六章　愛しきメスガキたちとの楽園

佐藤康男には秘蔵のコレクションがある。

形はない。撮り溜めた動画データの数々だ。

保存先はスマホやＰＣでなくメモリーカード。万一にも間違えてインターネットに流出したらすべてが終わる。

たとえばこんな内容だ。


古さを感じさせるアパートの一室。

可憐な少女が悪戯っぽく笑う。

「ねぇねぇ、ナスカの得意技、見せてあげよっか」

身につけているのは極端に布地のすくない白のビキニ。幼い少女のきめ細かな肌が存分に鑑賞できる。

「へえ、どういう得意技かな？」

カメラマンの康男が興味深そうに問い返す。

「えへへ、見てて」

ナスカは無邪気に笑い、片足立ちで右脚を胸に抱《かか》えた。

そのまま脚を真上にピンと伸ばす。I字バランスだ。

「どう？　ナスカめっちゃ柔らかいでしょ？」

「姉妹そろってバランス感覚がいいんだね。あ、そのままそのまま」

カメラから手が伸び、水着に最低限覆われた股を撫でつける。

「あっ、ダメ、いまだめっ、倒れちゃう……！」

「立ったままガマンできたら、好きなじぇるQのキャラ描いてあげるよ」

「う……！　おじさん、やっぱ誘い方がキモい」

「いらないならいいけど」

ナスカは不満げに口を尖らせるが、拒絶する様子はない。

開脚で無防備な秘処を指で何往復かされると、水着にじとっと湿り気が滲む。スラリとした脚が小刻みに震えた。

「もうダメそうだけどほんとに耐えられる？」

「はぁ、んっ、んーッ……！　よ、余裕ッ……！」

じゃあ、と康男が取り出したものを見て、ナスカの余裕ぶった笑みが引きつる。

画面外から突き出されたのは電動マッサージ器だった。

スイッチオン。振動するヘッドが股ぐらに接近していく。

「む、無理無理っ、それはさすがにッ、ちょっ、ぉひッ！　あぁあああッ！」

接触した途端にナスカの全身が律動した。

クリトリスに対する集中的な振動はもっとも絶頂に近い刺激だ。ナスカは歯噛みをしているが、それで耐えきれるものではない。

「ヤバっ、ヤバいヤバいヤバいッ、イッちゃうぅ……！」

「おま×こ雑魚すぎでしょ。もっとがんばらないと駄目だよ？」

カメラが遠のいて手ぶれがなくなった。スマホスタンドに固定されたのだ。

康男が画面に現れた。絶頂を迎えたナスカをI字バランスのまま抱きしめて支える。

優しさゆえの行為にも見えるが、電動マッサージ器は股に当てたままだった。

「やだやだ無理無理ッ、もう絵いらないから、やあっ、ひぁあぁーッ！」

倒れることも許されず、ナスカは連続で五回イッた。

途中から潮まで噴いていた。

映像で見ると、なおのことスナオには赤いランドセルがよく似合っていた。

鞄に比して体が小さく見えるバランスも可愛らしい。

白いワンピースに白ソックスの清純な色彩とも相性がいい。

そんな少女がベッドに座ったまま、あどけない笑顔をペニスに穢されている。

「えへへ、お顔どろどろになっちゃう」

透明なガマン汁を塗りつけられ、くすぐったそうに笑う。

画面は見あげてくる童顔を上から捉えるアングル。たびたび震えるのはカメラマンの康男が逸物を擦りあげているからだ。

「出るッ、出るよ、スナオちゃんッ、かわいい顔汚すよッ！」

「はーい、どぴゅどぴゅどーぞ」

う、と低いうなり声に続いて、白い汚濁が飛んだ。長々と尾を引く一本が顔を飛び越えて前髪からランドセルに張りつく。

「だめだよ、おじさん、ランドセル汚しちゃ。めっ！」

スナオはぷんぷんと眉をつりあげ、わざわざ顔を突き出してきた。

つづく二本目の汁糸はしっかり顔にかかる。

三本、四本、と脈動のたびに幼い顔が汚されていく。

「うぅ、ふぅ、ザーメンが似合うね、スナオちゃんは」

「えへへぇ、かわいい？」

「ナスカみたいにエロくて可愛いよ」

「ほんと？　うれしい……」

姉に喩《たと》えられるとスナオはとても喜ぶ。男の欲望で汚されても、笑顔はなお無垢なままである。もっともっと汚したいと思わせる表情だ。

康男はそのまま自慰をくり返し、何度も射精をした。

何度ぶっかけられても、スナオは笑顔で受けとめてくれる。

「あっ、あーっ……えへ、ざーめんさん、どぴゅどぴゅいらっしゃい」

「口開けて……！　お口と舌で受けとめて……！」

「はーい、れろぉ」

開いても小さな口に、伸ばしても短い舌に、精子をぶちまける。

何度もぶちまけた。

スナオの顔中が精液でパックされ、口いっぱいに濁液が満ちていく。

「すごいね、スナオちゃん……こんなスケベな顔できるの、ナスカ以外だとスナオちゃんだけだよ。もっと出るよ。中年のくっさい精子で汚してあげる！」

「ふぁい、いいよぉ……ろーぞ、おじひゃん」

口を開けたまましゃべると、精液がぐちゃぐちゃと卑猥な音を立てた。

性の現場ではお行儀の悪さがセックスアピールにもなる。

康男はまた一発、濃厚な欲望を吐き出した。


ほかにもお気に入りの動画はいくつもある。

いまは後悔しているが、酔った勢いで野外撮影をしたこともある。

場所は夜の公園。カメラマンはスナオ。

ナスカにブランコを立ち漕ぎさせながら、バックで犯した。低年齢向けのブランコに乗せると腰の高さがちょうどいい。

「んッ、んっ、んーッ！　ふぅ、ふッ、ふぅ……！」

さすがにナスカも喘ぎ声を押し殺していた。後ろから剛直で突かれるたびに膝が笑う。声だけでなく姿勢を保つのにも気を遣わなければならない。

たまにこういった状況で追いつめたくなる。

「ほんとおじさんってキモい……発想が変態すぎ」

いまだに口が減らないのだ。

お仕置きをしてやろう——そう考えると腹の底から昂る。

困らせ、苦悶させ、許しを請わせたい。ナスカはそういった少女だった。

「ちゃんとお水たくさん飲んできた？」

「飲んだけど……まさかおじさん、こんな場所で……んひッ」

突き方をすこし変えた。膣壁の腹側、Gスポットを集中的に狙う。たっぷり膨らんでいるであろう膀胱を刺激してやるのだ。

喜悦と尿意の高まりに、ナスカはいやいやと首を振る。

「お、おじさん、ちょっとお手洗いいかせて……！」

「ダメだ、俺がイクまでガマンしろ」

「お願い、お願いしますッ……！　スナオも見てるから、許して……！」

康男はさらに膀胱を突き揺らした。すばやく、執拗に。

間もなくナスカは限界を迎えた。

「だめだめだめッ、スナオ、見ないでぇ……！」

公園に飛沫が飛ぶ。潮というより純然たる尿だった。ブランコから放物線を描いて地面を打つ。ナスカは羞恥に涙しながら腰を痙攣させていた。その動きが心地よくて、後ろの康男も「ぉお」とうめいて射精する。中出しなので精液は見えないが、かわりにナスカが尿を放ちつづける。映像で見ても絶景だった。

余談となるが、このときは康男のズボンも尿で汚れて帰りに難儀した。

男としての挑戦の記録もある。

一日に何回射精できるのかをスナオで試した。

アパートの布団に寝かせた女児に正常位で腰を振り、射精する。

「あー、あー、あーっ、またぴゅっぴゅ出てるっ……！」

スナオは一糸まとわぬ姿で幼児体型をさらし、小造りの股を開きっぱなしだった。結合部からは糊のように粘り気のある肉汁が垂れ落ちている。

「よし、四回目……！」

康男はマジックでスナオの内ももに四本目の線を引いた。あと一本で正の字が完成する。やはり区切りのよいところまではいきたい。

小休止で水を飲む。スナオもオレンジジュースで喉を潤す。

「ふー、ジュースおいしい。好き……」

「えっちとどっちが好き？」

「えー。どっちもー」

いいとこ取りのワガママな返答も子どもらしくて可愛らしい。

康男は無精髭の残る口元をにやりと歪めた。悪辣でゲスな笑みである。

「じゃあ……パパとおじさん、どっちが好き？」

言いながら腰を動かした。五回目だろうと女児を餌食《えじき》にする暗い悦びが肉棒を硬く再起させる。最初はゆっくりとしか動けないが、ハメっぱなしで過敏化した幼膣には充分だ。スナオはおっとり顔をとろけさせる。

「あー、あまい、きもちいい……」

「答えて、スナオちゃん。パパとおじさん、どっちが好き？」

「えー、どうかなぁ……あっ、あーっ、えへへ、どうかなぁ？」

よがりながらも無邪気に笑う。姉とくらべても格段に子どもだった。だからこそ率直な回答が期待できる。断言しないのは本気で甲乙つけられないからだろう。

「おじさんはスナオちゃんのこと好きだよ、こんなふうに！」

強く突く。いたいけな体をいたわりもせず乱暴に。

「あーっ、あぁぁ、おじさん、おじさん、あまいよぉ……！」

「キスもするよ、スナオちゃんが大好きだから」

康男は両手でスナオの顔をつかみ、貪《むさぼ》るように口を吸った。

手にすっぽり収まりそうな小さい顔。

大人の舌で埋もれるほど狭い口腔。

康男にとっては幼子サイズ感を満喫する悦びがあった。

スナオにとっても大人の包容力を感じる行為である。

「れろれろ、ぢゅくぢゅくぢゅるるぅぅ……ぷはっ、どうかな？」

「ぁあ、はー、おじさん……好き、えへへ」

「笑うとかわいいね、スナオちゃん。でも、俺とパパどっちが好きかまだ答えてないよ、そらッ！　答えて、スナオちゃんッ！」

幼穴を連打した。壊れそうなぐらい乱暴にしてもスナオは悦ぶ。嬌声がたどたどしいものから、流れるように自然な淫声に変わりゆく。

「あー、あーっ、あぁーっ、ぁあああぁッ、それは、んんぅうッ！」

「答えて！　言って！　いま、どっちが好きか！」

そして、彼女はとびきり淫らなメスの顔をした。

「いまは、おじさんかも……あは、あぁんッ、おち×ぽしてくれるおじさんが、好きかも……！　ごめんね、パパ、えへへぇ」

年端もいかない子どもを親から寝取った。しかもあの最悪のいじめっ子だった馬垣から。こんなに清々《すがすが》しい気分はあるだろうか。

「ありがとう、スナオちゃん……！　おじさんの大好きを注いであげるね！」

「ぁあッ、おっ、ぉおおッ、おじさん、だいすきぃ……！」

ふたりは絶頂に達しながら、唾液まみれの下品なキスを交わした。

かくして康男は正の字を完成させたが、挑戦はまだ終わっていない。必死の追加で三本の線を追加して、スナオを後ろから抱えあげた。膝裏に腕を通して持ちあげる、幼児用おしっこポーズ。

「見て見て、パパ……スナオ、こんなに中出しされちゃった、えへへ」

スナオは悪びれない笑みでカメラにピースをする。

半開きで閉じなくなった幼裂から白濁の塊がどぼりとあふれた。


惨い映像だった。

幼子を性欲のはけ口に使う最悪のコレクションだ。

閻魔《えんま》さまに見せたら地獄堕ちが確定するに違いない。

（ならもう、好きなようにやるしかないだろ）

康男は開き直った。

座椅子をやや深めに倒して悠々とリラックス。

テレビで罪の証拠を再生しながら、逸物の快感に打ち震える。

「ふぅ、うぅ、いいよ、ふたりとも……」

左右から股間に顔を寄せる小さな頭を撫でる。どちらも髪が軽くなめらかで、手の平まで気持ちよくなるのを感じた。

「またあんなエグいの見て勃起しまくって、キモすぎなんですけどー」

ナスカは憎まれ口を叩きながらも笑顔を浮かべて舌を遣う。根元から先端まで唾液をまぶし、ときに甘噛みを交えて技巧的に奉仕していた。

「ねえ、スナオかわいい？　えっちなスナオ、好き？」

スナオは無邪気な問いかけに濃厚なキスを交えていた。ちゅぱ、ちゅぱ、と亀頭を集中的にしゃぶり、なめて、またしゃぶる。

「ふたりとも、えっちで可愛くて大好きだよ……うぅ、もっと吸って」

「ヘンタイ……子どもにフェラさせるせーはんざいしゃ」

「あはは、ヘンタイさんだぁ、おち×ぽいじめちゃうぞー、えへへぇ」

姉妹で笑いあって、同時に亀頭にかぶりついた。

薄桃色の唇をかぶせ、舌を添えながら——ぢゅるるる、ぢゅぱぢゅぱぢゅぱ、とヨダレたっぷりに吸いつく。ひとつひとつは小さなお口だが、ふたりがかりで亀頭を包みこんでいる。肉幹を手でしごくオマケつきだ。

「ちゅばっ、ちゅばっ、じゅぢゅぢゅぢゅぅう……ふふ、ヘンタイ、キモブタ」

「ちゅっちゅ、ちゅぱちゅぱ、えへへ、おち×ぽさん、かわいい……」

楽しげな笑顔で無邪気にペニスで遊ぶ子どもたち。

眺めているだけでも幸せな光景なのに、海綿体が溶けるほど気持ちいい。

「おぉ、おっ、そ、そろそろ出るっ……！」

「うわぁ、出しちゃうんだぁ。せーはんざいしゃのどろどろ精子……」

「えへへ、スナオね、ざーめんのむよぉ。出して、出してっ」

ふたりは長く伸ばした舌先で、カリ首の縁を執拗にこすった。手コキもはやめて康男を法悦へと導いていく。どうすれば康男が悦ぶか知りつくした性戯だった。

うぐ、と康男は低くうめいて愉悦を極めた。

びゅるる、と濁液が噴き出すと、ふたりは嬉々としてなめとる。

「あんっ、きゃはっ、ヘンタイザーメン出しすぎぃ。スナオのかわいいお顔にいっぱいかかってるんだけど、ほんとサイテーだよねー」

「わぁ、あったかいのお顔にいっぱい……おねえちゃん、すっごくえろい顔になってて、かわいいよ、えへへ」

精液で顔を汚されて悦ぶ女児など夢のようではないか。口でも粘りを受け止めて、さも美味しそうに頬をゆるめている。これまで何度も胎内を快楽で満たしてくれた液体が愛しくて仕方ないのだろう。

絶頂中も舌を止めずになめまわし、さらに深く亀頭をくわえようとする。

「うふふ、ザーメンまみれでフェラしてるスナオかわいい……」

「おねえちゃん、おねえちゃん……」

たがいの唇が触れあい、舌が重なる。

男根を挟んで姉妹で口づけを交わすようでもあった。

射精が終わっても官能的でほほ笑ましい情景はつづく。康男の獣欲を激しく誘ってやまない。

「次はおま×こ可愛がってあげようか」

「うわー、おじさんまた子どもレイプしちゃうんだぁ、いけないんだぁー」

「またおま×こ甘くしてくれるの？　えへへ、おじさん、ありがと」

精液まみれの子どもたちが笑っている。

片手では康男の胸を撫でて親近感をアピールしてくる。

ずいぶんと距離感が近いが、すこしばかり物足りない。

「俺のことはなんて呼ぶんだっけ？」

意地悪く問いかけると、ふたりは目をあわせてはにかむ。

「……パパ」

もはや近しいどころではない。

康男は美少女姉妹にとって唯一無二の大切な異性となっていた。

「じゃあ、馬垣はふたりのなんなの？」

「えへへ、スナオのおとうさん」

スナオは嬉しそうに返す。いまでも父のことは慕っているのだろう。ただ、ランクがひとつ下がっただけで。

かたやナスカは一瞬、ひどく冷たい目になる。

「どっかのおじさん」

「大好きなパパだったんじゃないの？」

「ベーつにー。私もう笹木《ささき》七朱華だし、馬垣のおじさんなんて知らないし」

すでにナスカと馬垣は戸籍上の関係が断たれている。

馬垣夫妻は離婚したのだ。

この半年足らずで環境が激変し、ナスカは精神的に追いつめられた。依存できるのが康男との肉体的快楽だけだったのである。


結局のところ、馬垣の弁当チェーンは最悪の事態を回避した。

経営難からの倒産は防いだものの、グループは完全に分裂。規模縮小して経営再建するという。廃棄弁当の件は明るみに出ていないので、決定的な破滅は時間の問題かもしれない——が。

いまさらどうでもいい。康男にとっては関係のないことだ。

勤めていた店舗は分裂によって別企業の弁当屋に生まれ変わるらしい。店長はそのままヘッドハンティングされる。

康男自身はつい先日バイトをやめた。

画業の収入で生活できる目処《めど》が立ったのだ。

きっかけは趣味でウェブに投稿していたイラストである。SNSで唐突に人気を博し、いわゆる「バズった」状態になり、連鎖的にほかのイラストも評価された。すると細かい仕事が急に増えた。創作者支援サイトでパトロンも増えた。

極めつけに、彩クロップス経由で大きな仕事がきた。

大手ゲーム会社を脱けた名物ディレクターからの依頼だ。新作ゲームのメインイラストレーターとして康男を指名したという。ＳＮＳでバズったのをたまたま見かけてお気に召したらしい。

インディーズでの再出発ながら注目度はかなり高い。ギャラはそこそこだが、ゲームの顔となる絵を担当すれば大きな宣伝になる。

康男の人生は好転しはじめていた。


新しい仕事にはナスカも感心してくれた。

「すごいじゃん、パパ。ディレクターってあのゲーム作ったひとでしょ？　ナスカも名前は知ってるよ。アイツが持ってたし」

アイツというのは元彼のことだろう。すでに未練はないらしい。

「じゃあパパ、ずっとおうちにいるの？　えへへぇ、ならスナオもいつでも遊びにこれるね。いつでもいっしょに遊べるね」

スナオは在宅業の苦労を理解していない。その無邪気さも癒やしだった。

ふたりは離婚した両親にそれぞれ引き取られ、離ればなれになった。住居は近場なので会おうと思えばいつでも会える。

姉妹の会合は決まって康男の新しい家でおこなわれた。

絵仕事で収入がよくなったので、防音性が高いマンションに引っ越したのだ。部屋もすこし広い。以前のアパートと違ってベッドも置ける。

幼い女児を性欲の捌《は》け口にするには格好の場所だ。

もちろん、ふたりがかりのフェラチオでイカされたあとは本番である。

「今日はふたりにプレゼントがあるんだ」

ベッドの下に隠しておいた箱を取り出す。リボンつきで包装された箱に姉妹の目が輝く。

「なになに？　スナオ、プレゼントすきー」

「えー、パパのプレゼントって絶対にキモいやつじゃん」

妹にくらべて姉はひねくれた態度だが、期待の眼差しは隠せない。

「俺はパソコンで作業してるから、開けたら着てみてね」

康男はプレゼントを渡して、ベッド脇のＰＣで絵を描きはじめた。

包み紙を破く音、箱を開く音、感嘆の声。

「やっぱキモいやつじゃん……仕方ないなぁ」

ナスカはやはり楽しげに衣擦れの音を鳴らした。

「おねえちゃん、これ、どうやって着るの……？　むずかしい……」

「待ってて、手伝ってあげるから」

姉妹の会話がほほ笑ましい。名字が別々になってもふたりの関係は変わらない。離ればなれになってよけいに仲睦《むつ》まじくなった感もある。

「……よし！　着たよ、おじさん！」

「スナオも、おねえちゃんにてつだってもらって、着ました、えへへ」

振り向けばそこにじぇるQがいた。

じぇるQのステージ衣装のひとつで、ブレザー制服風のデザインだ。セットのミニスカートとブーツと髪飾りが学校の制服と一線を画す。羽根モチーフのきらびやかな飾りが全体に配されているのが特徴だ。

ナスカはライバルキャラをモチーフにした黒黄基調。

スナオは主人公をモチーフにした白赤基調。

「うん、似合ってるよ、ふたりとも」

わざわざオーダーメイドした甲斐があった。目の前のコスプレ女児を見ると目減りした預金に対する不安も吹っ飛ぶ。似合っていて可愛いだけではない。自分好みの衣装を着せたことへの達成感もある。

贈られたふたりも上機嫌だ。

「サイズぴったりすぎて引いちゃうわー、ルシエの衣装は好きだけど」

ナスカは喜色満面で腰をよじりミニスカートをひるがえす。

「ミカの服、すき……かわいい。えへ、すき……パパ、だいすき」

スナオは姿見をうっとり眺めている。

すう……と、ふたりは視線を康男に滑らせた。ゆるんだ頬に赤みが差している。切れあがった目とまん丸お目々が熱を帯び、うっすら潤んでいる。

「で、パパはこの服を着せてどうしたいの？」

「わかるよ、スナオわかっちゃう。パパ、えっちしたいんだよね？」

ふたりの足下にパンツが落ちていた。

やる気充分らしい。まだ子どものくせに。義務教育のくせに。

「せっかくだし、これもお願いしようかな」

康男は押し入れに隠しておいたアイテムを取り出した。

反応は予想どおりである。

「うっわ、パパ最悪……キモすぎ」

「これもプレゼント？　くれるの？　でもなんだかボロっちい……」

口々に言うが、それでもふたりは背負ってくれる。

中古で購入した赤いランドセルを。

非現実的なコスプレに生々しい登下校の空気感が加わった。康男にとっては最高の媚薬である。海綿体が熱くなって爆《は》ぜそうだ。

「これなら汚してても乱暴にしてもいいし、今日は思いきり楽しむよ」

見てわかるほど男根が膨らむと、ふたりは苦笑した。

「ほんっとしょうがないなぁ。ナスカたちぐらいだからね、パパみたいなキモいおじさんとセックスしてあげる女なんて」

「パパのセックス好きだから、いいよ……激しいのいっぱいしようね」

康男は歪んだ欲望のまま小さな少女らを抱き寄せた。

ＰＣチェアに腰かけた康男に、姉妹が立ったまま抱きついてキスをする。

三人の舌が絡みあい、刻々と唾液が泡立っていく。

ぐちゅぐちゅ、ねろねろ、と淫らな音響をそれぞれに味わう。

「ふぅ、ふぅ、ナスカ、スナオちゃん……！」

ときおり漏れる康男の声が揺らいでいた。

ふたつの小さな手が剝き出しの男根をしごいているからだ。

「かわいい娘におち×ぽシコシコされるのそんなに好きなの？　キモすぎない？」

「パパはキモくないよ、スナオは大好きだよ。しこしこ、しこしこ」

カウパー汁でべとべとになっても手は止まらない。上の口と連動してペニスを味わうように、ねっとり大胆に全体を愛撫する。

「ああ、気持ちいい……！」

口や膣とは違う快感だった。自在に動く五指が複雑な刺激を与えてくる。皮膚特有の硬さは腺液の潤滑で適度にマイルド。

女児二名とディープキスをする昂揚も相まって、すぐに腰がビクついてしまう。

「手コキでイキそうになってない？　おち×ぽ雑魚《ざこ》すぎない？」

「パパ、もう出しちゃう？　おててでイクの、もったいないよ？」

ふたりはキスの合間合間にささやきを混入させる。

「雑魚、ざーこ、子どもにイカされるクソ雑魚ヘンタイ早漏パパ、キモすぎ、最低、しかもレイプ魔の性犯罪者……嫌いになっちゃおっかなぁ」

「イクならおま×こだよ……子どものちっちゃいおま×こ、ごちゅごちゅいじめるの気持ちいいよ？　おま×こしよ？　スナオのおま×こでぴゅっぴゅしよ？」

挑発と誘惑の連鎖で脳がはち切れそうだ。

いや、はち切れそうなのは逸物だが。

(手でイクのはもったいない……！)

康男はふたりの尻をつかんだ。手に収まりそうなほど小さな幼臀部から、股に指を差しこんで、陰核を突っつく。手っとりばやく感じさせるなら、やはりここだ。

「あっ、はあっ、んんッ……パパやっぱヘンタイだぁ、ふふっ」

「あー、くりちゃんいい、パパ、ぱぱぁ……！」

左右の声が鼻にかかり、手の動きが鈍くなる一方で、握力は強くなった。少女らの意図したことでなくとも、強い圧迫は陰茎への刺激として効果的だ。

どちらが先にイカせるか、必然的に競争となった。

康男は陰鞘を剝き、小さいなりに粒立った肉豆を擦りまわす。

その快感が少女らの握力に緩急をつけ、なおのこと康男を追いつめる。

「はちゅっ、ぢゅるっ、ちゅっちゅっ、べろべろっ」

口舌がさらに吸いついてくるのも心地いい。女児の甘酸っぱい唾液の味に脳が茹だった。興奮は下半身と同期して、射精衝動が高まっていく。

だが、と踏みとどまる気持ちもあった。

理性ではなくべつの衝動――胎内で精を放ちたいという獣の本能だ。

その影響か、虎狼《ころう》のごとく爪でクリトリスを潰してしまった。

「あっ、んぁあああぁッ」

「お、おー、ぉおおお……ッ！」

ナスカとスナオは肩をすくめて腹を蠢動《しゅんどう》させた。手は止まり、閉じた膣から敗北の蜜が垂れ落ちる。愛らしくも官能的な絶頂である。

「イッて敏感になってるな？　じゃあ、すぐハメるぞ」

「ま、待って、それ意地悪すぎ……！」

「いま、だめなの……スナオのおま×こ、バカになっちゃう……」

口だけの抵抗をするふたりをベッドに押し倒した。どちらも軽いので扱いは簡単だ。思うように体勢を調整する。

まずスナオを仰向けにした。

ランドセルが下敷きになってスナオの背に負担がかかるので、両足をつかんでV字に持ちあげる。尻が浮いて背中の反りがなくなるばかりか、幼裂もちょうどいい高さになった。

「おま×こいっぱいバカにしてあげるよ、スナオちゃん」

「や、おッ、あおぉ……！　パパのおち×ぽ、入っちゃうぅ……！」

年端もいかない女児に容赦なく挿入する。ぐぽりと亀頭が入り、スナオの目の焦点があわなくなっても止まらない。

深く、容赦なく、逸物をねじこんでいく。

「うわぁ、今日もエグすぎ……スナオのぽんぽんどうなってるかな」

ナスカは妹の顔をまたぎ、シックスナインの体勢で結合部に顔を寄せた。じぇるQコスプレのスカートをまくって、その惨状に目をとろけさせる。

「根元まで入るようになったね、スナオ……えらい子だね」

「お、ぉん、んぉお……！　おねえちゃん、スナオがんばったよぉ」

スナオは得意げに、悩ましげに、あどけない笑みを浮かべる。

彼女と康男の股は完全に密着していた。男根は一ミリたりとて外気にさらされていない。子ども特有の高い体温に包まれていた。

「ふぅ、あったかい……もっともっと熱くするからね、スナオちゃん」

「はい、パパ……んっ、おッ！　甘い、あまいぃ、おンッ！」

康男は遠慮なく腰を遣った。

幼い腹が内側から押しあげられて出ベソになる。

「きゃはっ、スナオってばかわいい」

妹のお腹を優しく撫でる姉の姿に歪な愛情が感じられた。スナオを大人の劣情に捧げたのは当の彼女である。親に愛される妹に嫉妬しながらも、ともに快楽の沼に堕ちることで姉妹の絆《きずな》を強めようとしていた。

彼女なりに複雑な家庭環境で精いっぱいだったのだろう。

(そこに付けこんだ俺は外道だし、いずれ地獄に落ちるんだろうな)

言い訳する気はないし、外道の所業を最高に愉しんでいた。

「ナスカ、顔あげろ」

乱暴に少女の細顎をつかみ、柔い頬を指で押しつぶした。

自然と口が開かれ、内から舌が伸びる。

ぺっ、と唾液を吐き出してやった。狙いどおり舌に的中したが、唾液の尾は途切れることなくふたりの口をつなぐ。

「うぇえ、キモひゅぎ……じゅるっ、べちゅべちゅっ」

ナスカは言葉とは裏腹に嬉しげに唾液を口でもてあそんでいた。糸をたどって身をもたげ、康男の胸元で物欲しげに舌を揺らす。

康男は背を丸めてナスカとキスをした。思いきり濃厚な大人のキスだ。ちいちゃなお口とのキスはセックス以上に冒瀆《ぼうとく》的かもしれない。お子様を心まで快楽に染めあげている実感がある。

しかも相手の妹を犯しながらである。

「ぁおっ、おッ、おぉ……！　おんんッ、つぶれちゃうぅ……！　おま×こ、奥、つぶれちゃって、ぁあああっ、ま×こバカになるま×こバカになるぅ……！」

ランドセルの上でスナオはたやすく「バカ」になった。

ペニスを千切り取らんばかりの収縮に、康男もたまらず射出する。

「おおおッ、いっぱい出るっ……！」

「出して、スナオのおま×こに……パパのザーメンのにおい、取れなくしちゃお」

ナスカは嬉々として外道の片棒を担ぎ、中年の舌に口淫奉仕をした。

至福の射精感に背筋がわななく。脊髄が溶けて流れ落ちそうだ。

それでも絶頂には終わりが来る。精の勢いが落ちていく。

「まだだ、まだ萎えないぞ……！　ナスカ、ガキ穴使わせろ……！」

「やーだぁ……パパすっごいキモいし、触ってほしくない～」

煽りながらもぢゅるぢゅると舌を吸う。反撃を受ける前提の挑発に、康男はあえて乗った。怒り心頭で顔を真っ赤にし、ナスカの肩をつかむ。

妹よりは重たいが、それでも軽々と体勢を変えられた。

頭と尻を逆にし、スナオと向きあうかたちで四つん這いにさせる。

スナオの足をつかみなおし、姉の脚に引っかけるようにして持ちあげた。妹の脚を開けば姉の脚も開く。開脚すれば皮膚と筋肉が引っ張られ、無毛の一本スジがほんのり開いて挿入しやすい。

「ガキが、大人をなめやがって……ハメ倒してアヘらせまくって二度と生意気な口を利けなくしてやる」

「あーあー、キモすぎー。女に相手されないキモいおじさんはレイプ魔になるしかないんだよね？　でもぉ、そんなみじめったらしい人生のおじさんにぃ、ナスカみたいなモテモテ美少女を気持ちよくさせることなんてできるのかなぁ？」

ナスカの下でスナオがくすくす笑っている。姉の演技が面白いのだろう。

彼女の本心などわかりきっている。

お望みどおり、バックから一気に貫いてやった。

「おぐッ！　んんんッ、んぁぁあッ……！」

初撃でナスカのか細い手足が痙攣した。

「わぁ、おねえちゃんイッてる……あまい？　パパのおち×ぽ好き？」

「き、きらいぃ……！　こんなのぜんぜん気持ちよくないしぃ……！」

生意気なのは上の口だけである。子宮口は愛しさをこめて亀頭に吸いついていた。

さきほどのキスにも負けない熱烈なべーぜだった。

すこし名残《なごり》惜しいが、康男は子宮キスを振りほどいて腰を引く。

「あっ……」

物寂しげなナスカへと、腹肉の重みを乗せて突きこんだ。

「おッ」

さらに何度も突く。

「ぉうッ！　あうッ！　あーッ！　ぁあーッ！　あぁぁあぁッ……！」

「おねえちゃん、イキながらぱこぱこされるの、きもちいい？」

「ぜ、ぜんぜんッ……！　まだまだ余裕だしぃ……！」

つまり、もっと激しくしてほしいのだろう。

力強く躍動した。

ばちゅんばちゅんと幼穴を打楽器にするように。

かちゃかちゃとランドセルの金具もリズムを合わせる。

暴力的な抽送だった。男が気持ちよくなるためだけの凌辱的な前後動。だからこそ幼い体に被虐の悦びが充ちていくのだ。

「スナオちゃん、ナスカみたいにいじめられて悦ぶのはマゾって言うんだよ」

「まぞ？」

「恥ずかしいヘンタイさんってこと」

「ス、スナオにヘンなこと教えないでッ……ぇあッ、あへぇぇッ」

尻を平手で叩いてみると、想像以上にみじめったらしい嬌声があがった。

「妹にオナニー教えてたエロ姉がなに言ってるんだ？　なあ、おい」

叩きながら突く。女児の小穴はすっかり震えが止まらなくなっていた。奥イキで絶頂に絶頂が重なり、もはや意識も朦朧《もうろう》としていることだろう。

少女の頭にあるのは快楽のことばかりだ。

「うぇッ！　へぉ、おぉおッ……！　ヤバっ、ヤバいのくるッ！　ヤバいヤバいヤバいヤバいヤバいぃ……！」

淫乱メスガキお望みの最後の瞬間――きゅぽんっと康男は逸物を抜いた。

「えっ」

「スナオちゃんももっと気持ちよくなろうね」

「え、でもスナオさっきイッて、あッ、あおっ、おーっ……！　んおッ！」

不意打ちで激しく窄まる妹穴が気持ちいい。腰が弾んだ。

スナオも幸せそうにとろけた声をあげる。

ひとりナスカだけが悲しげに頭と小尻を振っていた。

「なんで？　どうして……？　パパ、なんでナスカをパコらないの……？」

「俺なんかに気持ちよくされないんだろ？」

「それはぁ、でもぉ……」

「言わなきゃいけないことがあるよな？」

康男は前方を指差した。

ベッドのヘッドボードにスマホが設置されている。当然、録画中。

ナスカは振り向いて呆れたような半目を向けた。

「言わせたいんだ……ナスカにそういうこと」

「言いたくなけりゃ言わなくていい。パコッてやらないだけだから」

「言うよ……言うに決まってるじゃん」

ナスカは正面のスマホを見据えて、甘ったるい声をあげた。

「リスナーのおにいちゃんたち、元おとうさんのおじさん……ごめんね。みんなのことたくさん好きって言ってきたけどぉ……ナスカが一番好きなのは、この気持ち悪いパパとのパコパコセックスでーす」

花丸がわりに大人の肉棒をねじこんでやった。

「はあぁああッ！　これぇ、パパのおち×ぽ最高ぉ……！」

ナスカはランドセルを跳ねさせ喜悦する。

だが今度はスナオが不満そうだった。

「スナオも……！　クラスのともだちも、おとうさんも、パパのおち×ぽより好きじゃない……パパのせっくすが世界一好きぃ……おんッ、おへッ！」

ペニスはより小さな子膣に移動した。

「や、スナオずるいぃ……！　ナスカまだちょっとしかパコパコしてもらってないのにぃ……！　あーんパパぁ、生意気言ってごめんなさい！　ほんとはパパのこと好きだよっ、せーはんざいでもいいからたくさんレイプしていいよ？　ナスカのおま×こ、もうパパだけのものだよ……あぁんッ、はへぇえぇッ」

「おねえちゃんのえっち顔かわいい……でもスナオもほしいよ。パパ、おま×こ使って……！　スナオのおま×こ、パパのおち×ぽと仲よししたい……！」

「ナスカのおま×こはパパに気持ちよくなってもらうための便利な穴だよ。気軽にいつでも犯していいよっ」

康男はふたつの幼裂を交互に味見した。

どちらも狭くて圧迫感がすさまじい。

襞粒はナスカのほうが育っていて、絡みつきが激しかった。

単純な締めつけと粘膜の熱さはスナオが上。

感触は違えど気持ちよさは同等だ。見下ろしたときの小柄さもたまらない。じぇるQの可愛らしい衣装とランドセルも相まって背徳感が沸騰する。

「もっとだ、もっと言え！」

いままで何度も言わせてきたことを復習させる。

カメラのまえで自分たちの立場を理解《わか》らせるために。

「ナスカはパパ専用の便利ま×こです……！　馬垣のおじさんもお母さんも便利ま×こを育てるためだけに生きてたひとたちで、ほかに存在価値ないですっ！　パパをいじめてた馬垣のおじさんは最低のクズっ、死んじゃってもいいッ」

「おとうさんかわいそうだけど……いじめられてたパパ、もっとかわいそう。だから、つらかった気持ちぜんぶスナオのおま×こにぶつけていいからね。いっぱいぴゅっぴゅして、気持ちよくなって、元気になってね……大好きな、パパ」

苦難の半生が報われていく。

自分の半生も生きてない幼子たちの半生が、貶《おと》められていく。

鬼畜で、外道で、蜜の味がした。

(俺は幸せだ……！　こんな幸せがこの世にあったのか……！)

ロリータ二穴くらべが加速した。愛液と精液の入り交じった泡汁は三者をつなげて途切れない。全員が快楽の虜となっていた。

「あーッ、あへッ、んんんんッ……！　くる、くるくる、きちゃうよぉ……！」

「スナオもぉ、おっ、おー、おねえちゃんといっしょにぃ……！」

「俺もイクぞ、そらそらそらッ！」

湯気も立たんばかりに火照った幼児体型を突いて突いて、突きまくる。

股間に稲妻のような快感が走った。もはや耐えられない。

康男は一息に全身全霊をこめた。

「ナスカ、イけッ」

ごちゅんっ、と最奥を押しつぶす。いまだ本来の機能を果たせない未熟な子宮をいたぶり、とどめの熱を解き放った。

射精の瞬間、ペニスと脳細胞がバチバチとスパークした。

「ぁへっ、パパぁ……ッ！　イクッ、イクよぉ、大好きぃいいいいいッ！」

ナスカは快楽の頂点で背を弓なりに反らした。正確には腹か。子宮が精子の直撃を受ける角度になり、熱と粘り気を存分に味わえる。

幸せそうに全身を律動させていた。大人でもここまで見事にイケるだろうか。馬垣あらため笹木七朱華は最高の交尾相手だ。

「次、スナオもだッ！　子どもま×こ開けろ！」

「はぁい、パパだいすきぃ……んっ！　おんッ、んぉおおおッ！」

スナオはみずから秘処に両手を添えて秘すべき粘膜を開いてみせた。康男はいったん肛門に力を入れて射精を止め、スナオを貫いてから解放する。姉を至福に導いた熱濁に妹もまた至福へと押しやられた。

射精は長々とつづいた。

悦震えする女児穴を行き来するたび、刺激が加算されていく。法悦の頂《いただき》から降りることもできない。清純であるべき子どもを穢すためだけの射精マシーンになった気分だ。最高の気分と言ってもいい。

「ぁはあぁ、パパのおち×ぽほんっとヤバすぎぃ……」

「んお、ぉお……えへへ、おねえちゃん、これからもいっぱいパパにぱこぱこぴゅっぴゅしてもらおうね？」

「もちろん……私たちはパパのおち×ぽ専用ま×こだもんね」

ふたりはスマホに向かってピースをした。

姉妹が浮かべる汗まみれのほほ笑みはなおも無邪気さが漂う。中年の穢れた性欲を浄化する雰囲気すらあった。

(不思議な気分だな……)

思えば、生意気盛りな少女との関係からすべてがはじまった。彼女に対する下克上が人生逆転のきっかけである。

長年の夢であった絵の仕事で稼ぐ日々。

ロリータたちと好き放題に交歓する日々。

あまりにうまく行きすぎて、すべてが夢のような気がしている。いずれ泡沫のように消え去る日が来るのかもしれない。すべての破滅が訪れたとしても、康男には受け入れることしかできない。

人生すべてを擲《なげう》つほどの悦びがそこにはあった。

おしまいの日まですべてを貪りたい。

「まだだ、まだやるぞ……今日は倒れるまで犯してやるからな」

かくして佐藤康男は今日も明日も、年端もいかぬ少女らを貪るのだった。

●新人作品**大募集**●

マドンナメイト編集部では、意欲あふれる新人作品を常時募集しております。採用された作品は、本人通知のうえ当文庫より出版されることになります。

【応募要項】 未発表作品に限る。四〇〇字詰原稿用紙換算で三〇〇枚以上四〇〇枚以内。必ず梗概をお書き添えのうえ、名前・住所・電話番号を明記してお送り下さい。なお、採否にかかわらず原稿は返却いたしません。また、電話でのお問い合せはご遠慮下さい。

【送付先】 〒一〇一‐八四〇五 東京都千代田区神田三崎町二‐一八‐一一 マドンナ社編集部 新人作品募集係

生意気《なまいき》メスガキ《めすがき》に《に》下克上《げこくじょう》！

二〇二二年 三月 十日 初版発行

著者●葉原 鉄【はばら・てつ】

発行●マドンナ社
発売●二見書房
東京都千代田区神田三崎町二‐一八‐一一
電話 〇三‐三五一五‐二三一一(代表)
郵便振替 〇〇一七〇‐四‐二六三九

印刷●株式会社堀内印刷所 製本●株式会社村上製本所 落丁・乱丁本はお取替えいたします。定価は、カバーに表示してあります。

ISBN978-4-576-22023-9 ●Printed in Japan ●©T.habara 2022